·漫漫诗词情系列·

柳永

忍把浮名，换了浅斟低唱

桃花潭水/著
【北宋】郭　熙◎插图

哈尔滨出版社
HARBIN PUBLISHING HOUSE

图书在版编目（CIP）数据

柳永：忍把浮名，换了浅斟低唱／桃花潭水著.——
哈尔滨：哈尔滨出版社，2017.6
（漫漫诗词情）
ISBN 978-7-5484-3389-7

Ⅰ.①柳… Ⅱ.①桃… Ⅲ.①柳永（约987-1053）-
宋词-诗歌欣赏 Ⅳ.①I207.23

中国版本图书馆CIP数据核字（2017）第085148号

书　　　名	柳永：忍把浮名，换了浅斟低唱
作　　　者	桃花潭水　著
责任编辑	李金秋　韩金华
责任审校	李　战
装帧设计	上尚装帧设计

出版发行	哈尔滨出版社（Harbin Publishing House）
社　　　址	哈尔滨市松北区世坤路738号9号楼　邮编：150028
经　　　销	全国新华书店
印　　　刷	哈尔滨报达人印务有限公司
网　　　址	www.hrbcbs.com　　www.mifengniao.com
E-mail	hrbcbs@yeah.net
编辑版权热线：	（0451）87900271　87900272
销售热线：	（0451）87900202　87900203
邮购热线：	4006900345（0451）87900345　87900256
开　　　本	787mm×1092mm　1/16　印张：14.5　字数：189千字
版　　　次	2017年6月第1版
印　　　次	2017年6月第1次印刷
书　　　号	ISBN 978-7-5484-3389-7
定　　　价	32.00元

凡购本社图书发现印装错误，请与本社印制部联系调换。　服务热线：（0451）87900278

柳永：忍把浮名，换了浅斟低唱

序　言

有人评价说：柳永不仅是个风流才子，还是个屡试不中的补习生，常喝常醉的酒鬼，出没秦楼楚馆的浪子，仕途坎坷的小官，"奉旨填词"的专业词人，浪迹江湖的游客，自命不凡的"白衣卿相"，歌伎的铁哥们儿，放荡不羁的花花公子，市井街头的自由撰稿人，惹怒皇帝的笨蛋，不修边幅的小丑，敢恨敢爱的汉子，无妻室的光棍，创新发展宋词的巨匠。

不管你怎样看待，也得承认他是中国文学史上首屈一指的风流才子。李白有才气，苏轼也风流。若要也才子，也风流，且把才气与风流玩得游刃有余，恐怕李白与苏轼是难以比过柳永的。他是景祐进士，官屯田员外郎。为人放荡不羁，终身潦倒。死时靠歌伎捐钱安葬。其词多描绘城市风光和歌伎生活，尤长于抒写羁旅行役之情。

他很真，他从不掩饰自己的感情，不管是抱怨，还是表达感情，都十分真切，是个真性情的词人。柳永由于仕途坎坷、生活潦倒，他由追求功名转而厌倦官场，沉溺于旖旎繁华的都市生活，在偎红倚翠、浅斟低唱中寻找寄托。作为北宋第一个专心作词的词人，柳永是一大词家，在词史上有重要地位。他扩大了词境，佳作极多，他不仅开拓了词的题材内容，而且写作了大量的慢词，发展了铺叙手法，促进了词的通俗化、口语化，在词史上产生了较大的影响。

也许是应了"文章憎命达"的定律，柳永的一生太倒霉。第一次赴京赶考，落榜了。第二次又落榜。按说，补习补习，完全可以东山再起。他沮丧愤激之余，写下了传诵一时的名作《鹤冲天·黄金榜上》，宣称"忍把浮名，换了浅斟低唱"。你皇帝老儿不让我进士及第去做官，我不做官，又奈我何！在词坛上叱咤风云，难道不是一样的辉煌？正是"才子词人，自是白衣卿相"。

没有几天，柳永的《鹤冲天·黄金榜上》就到了宋仁宗手中。仁宗反复看着，吟着，越读越不是滋味，越读越恼火。特别是那句"忍把浮名，换了浅斟低唱"，真是刺到了宋仁宗的痛点。三年后，柳永又一次参加考试，好不容易过了几关，只等皇帝朱笔圈点放榜。谁知，当仁宗皇帝在名册簿上看到"柳永"二字时，龙颜大怒，恶狠狠抹去了柳永的名字，在旁批道："好去浅斟低唱，何要浮名？"

他以真挚的同情心体察那些生活在最底层的妇女，他放下傲视权贵的"白衣卿相"的架子，以心换心，和舞女歌伎做朋友，以满腔的真情温暖那些冷冰冰的心、滴血的灵魂。在世人泼满污水的地方，柳永看到了大宋王朝骨子里的污浊，看到了崇高掩盖下的卑鄙。最肮脏、最卑鄙的地方，不是秦楼楚馆，而是富丽堂皇的宫殿。

"奉旨填词"的柳永，玩着御批的"浅斟低唱"，竟歪打正着玩成了走红的大腕儿、巨星，玩出了响当当的名牌效应。常言道：国家不幸诗家幸。歌舞场的辛酸和旅途的风雨成就了柳永的不朽和宋词的辉煌以及他独树一帜的悲壮人生。这是柳永的大幸，更是中国文坛的大幸。

为了纪念柳永，每年逢柳永的忌日，歌女们还要集中在一起召开"吊柳会"。柳永的死，虽没有人说是重如泰山，却是难得的幸福和温馨。风流才子，生生死死都风流。

千百年来，敢如此沉沦的唯有柳永，沉沦得如此精彩的也只有柳永。

目录

第一章 人生自是有情痴
[1—74]

多情自古伤离别
拟把名花比，恐旁人笑我
一片闲愁，想丹青难貌
重阳泪落如珠
一场寂寞凭谁诉
秀香家住桃花径
暂回眸、万人肠断
泪沾襟袖
深怜痛惜还依旧
别来锦字终难偶
赢得凄凉怀抱
追悔当初，绣阁话别太容易
离魂乱，愁肠锁
好景良时，也应相忆
继日添憔悴
未肯轻分连理
都来未尽，平生深意
好好怜伊，更不轻离拆

目录

何妨携手同归去
朦胧暗想如花面

[75—158]

第二章
此情不关风与月

有个人相忆
不免收心，共伊长远
未有相怜计
翻成云雨离拆
为伊消得人憔悴
人间好事到头少
这回望断，永作终天隔
伤心脉脉谁诉
有万般千种相怜，却不得相惜
悲莫悲于轻别
惟有两心同
更深钓叟归来，数点残灯火
心娘自小能歌舞
飞上九天歌一曲

目录

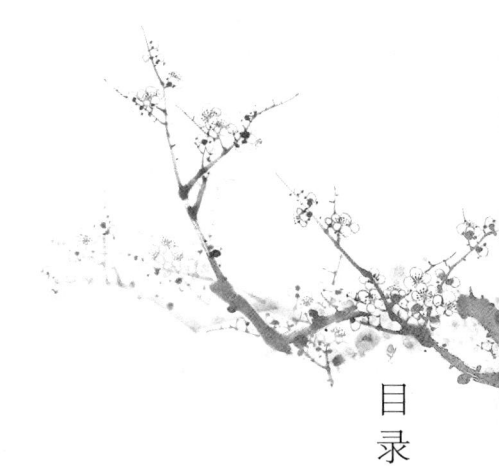

往往曲终情未尽
只要千金酬一笑
纵再会，只恐恩情，难似当时
思心欲碎，愁泪难收
共有海约山盟
想娇魂媚魄非远

第三章
不如怜取眼前人
[159—213]

恐冷落、旧时心
永结同心偕老
无人处思量，几度垂泪
惟有枕前相思泪
别来千里重行行
梦里欲归归不得
怨魂无主尚徘徊
负你千行泪
须要深心同写
早是多情多病
算伊别来无绪

目录

那更满庭风雨
一生惆怅情多少
渐渐飘花絮
石人、也须下泪
从今永无抛弃

后记／214

第一章 人生自是有情痴

多情自古伤离别

多情自古伤离别，人生就是一个聚与散的过程。当你呱呱坠地时，你与亲人聚合；当你魂归土地时，你就向亲人做最后的道别。人从生到死，总是在反复上演着离与合的故事。离别就是人生的一部分。只有拥抱生活的人，才能体味离别时的滋味。只有体味了离别滋味的人，才知道生命的价值和生活的真趣。

可见，离别，也如此丰富。

离别是一个痛苦的剥离过程，一种特定的、你所依赖的生活方式被从生命过程中分离出去，面对着仍然延续的生命过程，你会变得手足无措，变得很惶恐。

生命总在轮回之中，良辰美景仍然会不期而至，种种风情仍会不断出现，但此刻，它们成为一种深深的担忧，对柳永构成了莫大的困扰：他将如何面对心底这悠悠的别情呢？正是这"晓风残月"所维系的一线忧伤，轻轻摇晃着柳永孤独的小舟，它应该是一个孤独者凄凉而且优美的生命感悟，但那即将来到的良辰美景会将它轻易地颠覆、背叛，那又将是怎样彻底的虚无呢？

南宋词人周紫芝填过一首《鹧鸪天》，其中有两句说"梧桐叶上三更雨，叶叶声声是别离"，道尽了离别人的凄清、惆怅与缠绵。然而，一想到古人的离词别诗，我们最先想到的总是"寒蝉凄切。对长亭晚，骤雨初歇……"是的，那是柳永的《雨霖铃》。

细雨霏霏，凉风拂动着丝丝翠柳，雾霭笼罩着十里长亭，那场景，是自然还是梦？如果是梦，那是柳永的词为我们设计的梦境；如果是自然，那便是柳永把自然之美梦化了。着实，柳永是一个完美的造梦者，是一个感性的词人。

为什么，一个人能把离别写得那么清婉、迷蒙而且绮丽，那么的梦化。那是因为柳永本就把自己的生活梦化了。对于他来说，生活在此处与彼处没什么区别，此处即彼处。今天的离别是为了明天的重逢，此处的分离是为了彼处的团圆。如此看开，这世上还真没有几人能做到。

就说柳永的那阕千古传唱的《雨霖铃》，那是为离别而作，也是为重逢而作的。

第二次参考失败后，生性落拓的柳七郎信手挥就了那首惊世骇俗的《鹤冲天·黄金榜上》，怀着郁郁的心情，飘然离开了东京。

要往哪里去，他自己也不清楚，只感觉有股神奇的力量牵引着他，不由自主地去跟南方的那人重逢。

刚刚酝酿中的情绪开始涌动，此前的种种柔情蜜意，动情处的海誓山盟，平日间的脉脉温情，各种滋味涌上心头。虽纵情豪饮，又哪里有释然的心境？只盼多聚一刻是一刻，流连不去的心，只为着心爱的人儿。

他立在船头，船底翻起白色的浪花，金色的朝晖下，江面上挂起无数青纱，几只白鹭滑过远方的青山。心中忧思，又有谁知？

柳永千里迢迢，朝金陵城渡水而来。一到金陵，他就陶醉于靡靡灯火之中。他弃舟踏岸，眼见这个六朝古都的无限繁华：人群熙熙攘攘，酒楼店铺鳞次栉比；远远近近一声声清婉的弹唱，或从青楼茶馆传来，或从街旁巷角传来；烟波画舫的秦淮河上，笙瑟缥缈，翠围珠绕的歌伎舞女烂漫婀娜。

别忘了，柳七郎这次涉足金陵是为了与那位萦绕心头的美女重逢的——那人就在"烟雨楼"上。柳七郎一路穿花度柳，往烟雨楼走来，心跳在不断加剧。五年不见了，不知那个曾经收留过自己的佳人，是否青春依旧？是否还会那么有默契在心？他的心中尽是猜测和揣度。

他踏进烟雨楼的门槛，一切依旧，变化的已是摆设，已经声名大噪的他，立在百花丛中，眼里却焦急地寻找那人的身影。

终于，在一群姑娘的簇拥之下，谢玉英卷帘出来，款款走下台阶。柳七郎凝视这位烟雨楼的花魁，无限言语堵在嘴边。他觉得玉英比五年前更加有风韵、气质了，似乎比以前更美了。几年不见，谢玉英两眼闪烁着泪花，一切的感情都在眼神里，一手轻轻搭在柳郎的手臂上，把他引进了自己的闺阁。

接下来的时光里，两个人尽情享受重逢的喜悦。鸳鸯衾里，说不尽的温言软语，只恨红烛易干，日叩窗扉早。在谢玉英心里，不管柳郎下一步要漂到何方，又要踏入哪家青楼，此时此刻，他唯独属于我一个人，他就是我的天。她很想要柳郎给自己填一曲词，但怎么能开得口呢？我是真正爱他的词，也爱他这个人。我不能像那些贪财的女子，因名和利才对他好。

柳七郎终究不能只属于谢玉英一个人，他属于词，他属于自己的艺术，他的心永远在远方。也许，他的生命只有像艺术一样无拘无束，才能真正展示出光彩和价值。他决定走了，与一生最爱的玉英在一起仅仅待了七天。

柳永，是当之无愧的情种。情种写情，自然发自肺腑，分外合宜。情种的眼中处处是情，情种的口中句句是情，"一切景语皆情语"用来形容柳永的这首《雨霖铃》真是再贴切不过！

在那个初秋的傍晚，刚下过一场小雨，寒蝉一声声划破长亭的寂静。谢玉英来为柳郎送别，四目相对，各自饱含着泪水。柳七郎终于执起饱含深情的笔，为玉英写下那首千古绝唱《雨霖铃》：

> 寒蝉凄切，对长亭晚，骤雨初歇。都门帐饮无绪，留恋处、兰舟催发。执手相看泪眼，竟无语凝噎。念去去、千里烟波，暮霭沉沉楚天阔。

不得不去，不能不离，两眼含泪却是欲说还休的悲苦离愁，哽咽于喉间。满满的情绪苦于找不到喷薄的出口，郁结甸甸，塞满胸臆。不知前路在何处，"念去去"两个去字，读在口中会不自觉地拉长音调，仿佛是道不尽的前路漫漫、前途渺渺，仿佛是说不完的孤独寂寞、离愁别绪。

在这个预示着离别的夜晚，下起雨来。谢玉英马上拂动兰花指、展开金雀喉，让琴声与歌声在千里烟波之上，随着雾霭云霞一起荡漾开去。两

个孤独漂泊的灵魂,在那金色的晚霞里,像不禁风的柳条一样,纠缠在一起,又疏疏落落地散开。

人生聚散无常,多情意味着多伤。莫怪人世,只问痴情。虽然多情总会被无情所伤,但我也愿做一个多情之人,没有了感情的人生还算是完整的人生吗?

离别,对柳永来说,注定了是一条不归之路,是自己和自己的告别,是灵魂的游离和放逐。

未来正威胁着现在,使我们无处藏身。别后的人生只是一种苍白虚幻的影像,因此,当那些梦寐以求的良辰美景再一次从眼前飘过的时候,作为一个背叛者,柳永是不是只能满怀绝望地看着?是不是如我们梦中永远也发不出声音的呼喊,永远也追不上目标的奔跑?近在咫尺而又不能触及,游子的心会窒息,他清楚地看到了生命正被消耗,并渐渐老去。

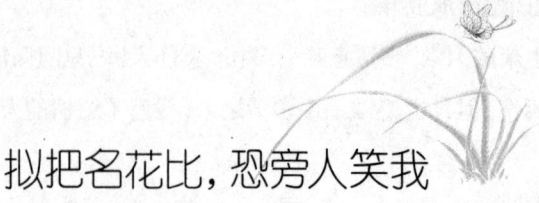

拟把名花比,恐旁人笑我

早年听闻,"文章憎命达"是条定律。若当真如此,那柳永就是这条定律活生生的例子。

他满腹诗书、才华横溢,却三次科考,三次落第,输得很惨烈。他很无奈,却也没有办法。

自古文人多傲骨,柳永也不能免俗。既然结局已经如此,天意难违,那还莫不如潇洒地活着。皇帝不喜欢,朝廷不收留,那就去欢迎我的地方,做大家喜欢的事吧!也许那样的地方才是柳永的天堂。

骨子里本就浪漫风流,再加上此时不必为科考取仕、功名利禄忧心,柳永便放心大胆、毫无后顾之忧地投入到了自己一直念念不忘的红香绿玉之中,咽泪装欢,自称"奉旨填词柳三变"。

经历改变生活,词人的经历,直接影响了他的创作风格。当时的社会条件给柳永以失志之悲的坎坷,让他不得不以烟柳繁华的秦楼楚馆作为描写对象。于是柳永的青春,便伴着舞榭歌台、儿女柔情,缓缓开场。

他笔下的女子,多为青楼歌伎。被众人鄙视的青楼女子,在柳永心中却是另一番景象。对待女人的态度,柳永和宝玉有相似之处,他们都认为女人是可爱的。柳永会在词中将她们"拟把名花比"。所以纵是这样一些满身风雨、身份下贱的可怜人,也因为柳永的赞赏而摇身一变,开始深情款款,惹人怜爱起来。

她们都是美丽俏佳人,竟如天宫中偶下凡间的仙女般貌美如花。何其

传神的比喻，好生鲜活的形象。有幸得成此句，若非出于对眼前女子真切的喜爱，又怎能用出如此盛大的比喻来形容她轻盈的身姿与绝美的容颜呢？

如此看来，非是柳郎才高，实是柳郎心低。

在词的上片，柳永没有将歌伎看作卑微下贱的取乐工具，而是以一种平等和用心赏识的态度去看待她们。而她们依然也会有"恐旁人笑我，谈何容易"的质疑。

"佳人才子，少得当年双美。"柳永的词句中，这些女子奇葩艳卉，千娇百媚，她们卑微，她们也多情，她们依旧对美好爱情心生向往。

"今生断不孤鸳被。"不管境遇怎样，毕竟这种期许是好的。

在这首《玉女摇仙佩·佳人》中，柳永是声声怜惜这些苦命佳人的。他将她们看作是和自己同病相怜的红颜知己，天涯沦落，惺惺惜惺惺。所以他才会放低自己，俯身去感受她们的苦与悲，倾听她们的沉吟，乐于用自己的真情去书写真词，歌唱真爱。

作为一个失意放荡的文人，整日穿梭于秦楼楚馆的柳永能够体谅青楼女子的苦楚。他平等地看待她们，为她们填词作曲，将"娇态千变、明眸闪闪、风姿绰约、体态轻盈、笑语盈盈、倾国倾城……"这些极富才情和美感的词，毫不吝惜地加在她们身上，肯定她们的色艺俱佳，替她们诉说万千江湖儿女悲苦的心声。在当时的社会，在歌伎饱受鄙夷和唾弃的时代里，这便是对不幸落入风尘的青楼女子们最高的礼遇和最大的抬爱，虽然很多人不理解甚至不齿，但柳永从未改变。

烟花柳巷之地，就是柳永每日吟诗作赋的舞台，他享受着自己的风景。每日为伶人歌伎作词，备受大家喜爱。寻常巷陌之间，口耳传诵他的词曲，柳永瞬间便成了"草根偶像"，在市井街角、楼堂馆所，可谓是声名大噪。于是，那些朝堂之上，出将入相，看似兼济天下的"正人君子"开始骂柳永沉沦，说他的创作，低俗露骨，乃淫词艳赋，实难登大雅之堂。其实何必笑话柳七，那些道貌岸然的人不也是经常光顾那些场所吗？一边和美丽的歌伎们逢场作戏，一边瞧不起这些女人，这样能表明自己的无瑕与高高在上吗？

宋代张舜民的《画墁录》里就记载了这样一则故事：柳三变既以词忤仁庙，吏部不放改官。三变不能堪，诣政府。晏公（殊）曰："贤俊作曲子么？"三变曰："只如相公亦作曲子。"公曰："殊虽作曲子，不曾道'彩（针）线慵（闲）拈伴伊坐'。"柳遂退。

不就是一句"彩（针）线慵（闲）拈伴伊坐"吗？不就是一句"愿奶奶、兰心蕙性"吗？

所谓的正人君子们，何苦自命清高！何必惺惺作态！难道说只因为柳永为风尘女子作词作曲，敢于表达自己的感情、敢于大胆呐喊，就是离经叛道了吗？就是你们嗤之以鼻、不屑一顾的俗不可耐了吗？

你们不涉俗语，你们自诩风雅，其实说白了，还不都是用士大夫的矫饰作态来掩饰冷酷现实赤裸裸的真相？而柳永的词，却因为没有居庙堂之位，无须顾及官场朝堂所谓的脸面，所以才能更真实地反映当时社会底层劳动人民的生活和不幸的妓女们渴望从良的迫切愿望，才是真真切切的性情之作！

敢爱敢写敢歌颂，何罪之有？

柳七的词采自民间，所以才备受欢迎，且不要说单单是为歌伎写词作曲——相比于一些正统学者的道貌岸然，道学文人的暗度陈仓——就算是柳永与她们热烈拥抱、疯狂相爱，那也是崇高的、纯粹的、光明正大的。

他用通俗的词语去抒发去表达来自民间市井的真实生活，用诚挚的笔触，写尽动荡红尘的辛酸。那么即便是他的作品受到当时正统的道学家文人们的批评和抵触，但依旧还是会有一大批的人，不可救药地陷入柳词，将他的作品奉作金玉良言，成为柳七真正的粉丝。

只因他不似道貌岸然的达官显宦，一夜春宵之后便重整衣冠，站在道德的制高点，鄙视他们曾经玩弄过的青楼歌伎。他是平等地去对待这些女子的，用不无悲悯的诗词抚慰了她们那冰冷的伤痕累累的灵魂，把她们当成朋友，当成知己。像宋徽宗对李师师，那是一种怜爱，是尊重。

执子之手，共消光阴，风花雪月，情谊深长。

一阕清丽佳词,一句温润暖言,仅仅是"拟把名花比"的赞赏,就拉近了这位才子与众多江湖飘零儿女的距离,心贴在了一起。在那个等级分明的社会,底层的歌伎能够得到文人雅士如此之垂怜,可以说,死而无憾了吧?

时过境迁,当我们回首千年,一眼望去的时候,依旧会感到那柳词里面独具的款款温情,此情可待,脉脉动人,有了爱和感情的词也仿佛一下灵动起来……

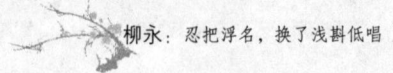

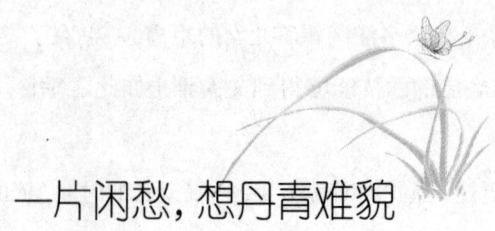

一片闲愁,想丹青难貌

我本是科场失意,遂宦游四海,风雨天涯的断肠人。

而今亦是独在异乡,身为异客。剩下的是"对影成三人"的孤寂。

昨夜的一场稀稀疏疏的清秋小雨加深了我心中本就隐隐作痛的愁绪。化不开,亦斩不断。

"滴答、滴答、滴答、滴答……"在寂静的夜里,雨滴敲打着窗外空空如也的石阶,声音分外清晰。一声声,一下下,不紧不慢,不疾不徐,似千军万马奔腾的凌乱,却又少了几分那荡气回肠的气势。只是,淅淅沥沥滴着,快慢方好。而我此刻的心,似乎也随着那雨滴的节奏一下一下地跳动。

秋雨,缠绵。

暗夜,漫长。

辗转,反侧。

孤枕,难眠。

不知这样过了多久,我脑海的睡意才渐渐升起,睡眼迷离中,我恍惚看到自己又在离开前的楚馆,和你相聚,把盏言欢。

你长袖善舞,舞姿婀娜,巧笑倩兮,真真唤我"柳郎";我吟诗作赋,抚琴与你相和,看着你的彩袖翩跹,越发痴迷,你我二人对酒当歌,何其潇洒快活!这是多么温馨的画面。

……

我以为,我当真以为这是苍天眷顾我们这对天涯沦落的知心人,遂又安排我们重逢,以解相思之苦。谁料,此情此景竟只是我的春宵一梦,陡然惊醒,便怅然若失。

我心上的你,如今,一切可都安好?

我平日里思念你的那缕愁绪,断是忘不了、撇不掉的。

这愁绪让人撕心裂肺,这愁绪让人肝肠寸断,这愁绪让人痛不欲生!

于是起身,披衣,秉烛,行至书案。

铺开了雪白的宣纸,我想让心心念念的你的样子,留于丹青,留于纸间,也当是让我对你那绵绵不绝的思念有个永恒的精神寄托。

精磨细研,饱蘸浓墨,美人于胸,可是想着你那绝世的容颜,我却不知从何落笔……

正值天气转凉的时节,渐入深秋。到处都充满了凉意,充满了秋的韵味。蟋蟀的叫声凄凄切切,更是增添了我这江湖流落之人心中的无限哀苦。

夜色阑珊,烛花不觉也已落入烛台。无聊无眠的夜晚啊,我只能望着这夜色,依着脑海中的回忆独自在思念中度过……

多希望谁能指点我,告诉我一种暂时可以忘记你的方法,即便是稍纵即逝的麻醉也好啊。这样,我就不会在有任何一点愁思的时候都会这样凛冽地忆起你了……

抑或,思念远方的你,成为我余生中已知的宿命……

我想,此刻你心中一定是嗔怪我的吧?想我定是分别后便成了那轻诺寡信之人,怪我此行久久不归,念我必是忘记了当初所有的情分……

其实我何尝不是对你牵肠挂肚?前尘往事历历在目,我们在窗前灯下,夜半无人时的切切约定,犹在耳边。执子之手,夜晚对酌,共度良宵的时光,已然深深地镌刻在了我的心上……

这份真情,皇天可鉴,后土可表。

只是我柳七,自诩饱读诗书,满腹经纶,可偏偏却生不逢时,错失良机。时运不济,命途多舛,以致今日仍旧是个怀才不遇的落魄文人。

胸中激愤怎能抑制?遂书一曲《鹤冲天·黄金榜上》,直抒胸臆,聊以自慰。万没想到,原是我这等失意文人的无心牢骚之作,却成了我今日潦倒无依的始作俑者。

唉……

你可知道，其实流浪本不是我的初衷。可时至今日，我已不得不选择漂泊。三十功名已经断送，八千里路亦别无选择。如此柳七，区区布衣，实乃天涯羁旅之辈，科场无名之徒，居尚且无定所，只是空有一腔抱负，徒有一身热情罢了……

正所谓，百无一用是书生。

有心入仕，却报国无门。只得宦游四海，以谋一官半职，也好施展我满腹才华，借以青云直上、一展宏图、飞黄腾达、传承家业……

可而今此等光景此番境遇的我能拿什么给你一个未来？我又能许谁一个天荒地老？两情长久、绵绵无期固然是人人向往的境界，可这种现世安稳又哪里是我这样的人能给得起的呢？

人非草木，孰能无情！你是痴情佳人，柔情似水，情深意更长，而我又何尝不是多情公子，为你衣带渐宽，形容终憔悴？

梦魂如风筝，飞越了万水千山，而我却无法寻觅到一点关于你的音信。思念无凭据，愁情如春草。我是这样萎靡，我深知，你也一定不会快乐，我们之间情如落花满地。看起来相见再聚希望渺茫。可是我仍希望你可以快乐一点。

……

世间的人啊，最难解的便是情，最难读的便是爱。都说人生自是有情痴，可动情了，痴心了，最后就一定是圆满的、皆大欢喜的、天下安然的结局了吗？

单单相思，对多情的众生来说，便是快乐与烦恼并存，痛苦却又幸福的事。相思折损精神，使人憔悴。人人咒恨，又人人死心塌地投身进去，痴心不改。没有得到的，明明逃过一劫却又表现得满心失落。

一怀愁绪，几年离索。因情生痴，又因痴惹得思念不断，只是几年的离索，便积攒了这一怀化不开的愁绪。而思念无果，遂郁郁寡欢，最后只落得个人比黄花瘦。

思念到灵魂深处，已经难以分出到底哪个是当年那个真实的故人，哪个又是一直温暖着自己让自己得以生存的美好的幻影了。这样的精神支撑，这样浓烈到近乎无我的情爱与痴心，如何不叫人从心底升起肃然的钦佩之情？

若能将这样心无旁骛的思念植入骨髓，那即便是独自的羁旅行役又何妨？爱到不动声色，念到自然而然，痴到清心寡欲，那无论是上穷碧落还是下至黄泉，这殷殷思念，都称得上是可圈可点。

这非同寻常的魂牵梦萦足以安慰天涯飘零无依的断肠人了吧？

犹记得，古语有云：生亦何欢，死亦何苦。

一直觉得此话说得很有气势。那是一种看淡世俗的大气磅礴，强大而笃定；将生死看得透彻而深邃，懂得感恩，亦懂得惜福。知道什么才是自己人生最需要的。哪怕只是一份微不足道的想念，也足以让我们于人间穿枝拂叶的时候有一种温暖的情怀。

诚然，人生苦短，浮生若梦。倘若能够在这炎凉冷暖的世间被这样一个多情的人儿如此惦记与思念，那又何尝不是上天对我们的一种大慈大悲的顾怜？

重阳泪落如珠

九九重阳,本应是登高望远、饮酒赏菊、合家相聚的日子,可为何依旧有愁怨凄苦的可怜人在佳节独居深宫,凝望着那怒放的花蕊,暗自垂泪,泪落如珠?

深秋风声飒飒,吹落鸳鸯瓦上片片霜花,长门宫中一片萧条。绿色的帷幕抵挡不了深秋刺骨的寒冷。宫门紧锁,四周悄然,好不冷清!好似这本就凄凉的长门宫因为君王的久不驾临而更早地迎来了严冬。好好的重阳节,只有陈阿娇一人对着花蕊垂泪,泪水冲得阿娇的妆容都变得残缺不全了……

"无限幽恨,寄情空殢纨扇。"这是成帝之时,班倢伃的哀愁。

倢伃听着久久不至的成帝銮驾向别处,很是后悔当初自己的那句"贤圣之君皆有名臣在侧,三代末主乃有嬖女"的劝谏。若没有当初自己的辞撵之举,恐怕就没有今天这样的结局吧?落得自己一个人触景生情,泪涟涟,书写着《怨歌行》这样哀怨的句子,来诉说自己心中的哀愁……班倢伃暗自揣测。

可而今,汉宫之中,最美的那个人也成了赵飞燕……

她可是大汉王朝成帝曾经深爱的宠妃堂堂班氏倢伃啊!出身名门,颇具修养,蕙质兰心,惟贤惟德。曾经与帝王形影不离,深得君恩,备受嫔妃恭维。虽没有母仪天下的地位,却在不动声色中宠冠六宫,她的风光无限与百般尊崇,就连后宫之主许皇后都不禁暗自艳羡。

她以为那便是她最荣幸的归宿了，不争不抢却得到厚爱，一个女人，何德何能，能够独自拥有这个坐拥天下山河社稷的男人那颗不羁的雄心？

她以为，他会是她永远的天，是她这辈子最值得依赖的男人，是她人生中永远的守候……他每日勤政理朝，她则伫立长信宫门，静待君王。不涉朝政，给她的夫君最大的安慰，恩爱长久，便是最大的奢望……可谁料，可谁料人心终究不如一潭秋水，等闲平地也会掀起波澜！纵然是海誓山盟依旧在耳边萦绕，却生生敌不过飞燕起舞绕御帝时轻盈曼妙的身姿，敌不过合德入浴回眸时妖娆妩媚的体态。

于是，她的万千宠爱，在飞燕合德入主长乐未央的时候，戛然而止……

对此，纳兰性德有诗叹曰：人生若只如初见，何事秋风悲画扇。

可不得不说的是，历史上，帝王又与身边的哪一个女子是朝朝暮暮、天长地久的呢？无论妃嫔宠姬还是媵嫱宫人，都希望自己会是让君王从心动开始便一直深深宠爱的那个人，可往往到了最后的最后，当韶华耗尽、美人迟暮以致故人心变的时候，无论是谁，都难逃孤独终老的结局……陈阿娇如是，班婕妤亦如是。

武帝"筑金屋以藏之"的许诺固然是陈阿娇一生最大的荣幸，可是即便是陈阿娇也难免会有年老色衰的那一天，汉武帝的身边依旧会有卫子夫这样的新人来代替阿娇这个曾经海誓山盟的故人……

再说班婕妤。成帝之母王太后曾夸赞她说，"古有樊姬，今有班婕妤"。就是说，班婕妤的优雅贤德，不亚于春秋樊姬。这是对她价值的最大肯定。但可悲可叹的是，纵然她有樊姬的无艳之贤，她的夫君却没有楚庄王"不鸣则已，一鸣惊人"的志气。在赵氏姐妹的温柔乡里，汉成帝的心中已然没有了曾经那个最美——堪比樊姬的班婕妤……

好个婉约的柳永，好个才华横溢的柳三变！他的这首《斗百花》中的慨叹，无非是说，从班婕妤到陈皇后，历史的兜兜转转，终究躲不过的都是命运的纠缠。他借失宠已久的嫔妃之口，抒发的是自己心中不被重用的苦闷，实为高明之举。表面上是同情阿娇皇后、班婕妤这样皇帝身边女子的不幸遭遇，实际上表达的是自己仕途不顺、没有得到应有赏识的情感。

在中国古代诗歌的历史上,柳三变可谓是一个颇具争议的人物。他有显赫的家世,父叔及侄虽谈不上位列公卿却也都进士及第,可他却一生潦倒,仕途坎坷,戚戚然混迹于烟花柳巷。好不容易在将知天命之年得以跻身官场,仅短短两年的仕途,他的名姓就载入了《海内名宦录》中,可惜由于性格原因,他却屡遭排贬,因此进入四处漂泊的"浮生"。由于仕途坎坷、生活潦倒,他由追求功名转而变成厌倦官场,沉溺于旖旎繁华的浪子生活,在"且恁偎红翠""浅斟低唱"中寻找寄托,所以至最后终老的时候柳永依旧一贫如洗。

柳永是个丰满的角色。他骨子里有对政治官场的热情与向往,但也不乏诗人特有的浪漫与风流,这一矛盾的存在使他的一生都充满了传奇色彩。

他积极赶考,信心满满,以为凭借自己满腹才情可以建功立业,展示自己经天纬地之才,一试身手,大展宏图……谁料放榜之日却事与愿违,他偏偏成了那个黄金榜上"偶失龙头望"的落魄人儿……

科举榜上无名,自负如他,将颜面何存?才华不被认可,傲慢如他,又怎能甘心?

于是,他,才子词人,一首《鹤冲天·黄金榜上》洋洋洒洒,一挥而就。"忍把浮名,换了浅斟低唱。"诉尽落第之后胸中无限的愤慨激昂还有对官场浮名的不屑一顾……

可正是这一时间难以抑制的愤怒流露于笔纸之间的牢骚却成了他再次落榜的隐患……宋仁宗"此人花前月下,好去浅斟低唱,何要浮名?且填词去"的答复便将柳永彻底打入万劫不复的深渊,彻底断了他东山再起的入仕美梦……

纵然是吟着潇洒的诗词,无所顾忌地纵游妓馆酒楼之间,做风流自在的"白衣卿相",但柳永心中依旧对官场有着极大的渴望。就像他在《如鱼水》中说的那样:"富贵岂由人,时会高志须酬。"

常言道:"国家不幸诗家幸。"也正因为有了柳永的官场失利,才成就了他潇洒传奇的一生。他的仕途不顺,让中国古代的官场上少了一位迂腐的政客,让中国历史的文坛多了一位熠熠生辉的才子。他的诗歌中,没有士大夫的矫饰作态，因为才高如他，根本不屑用所谓的风雅来装饰他的情感。宋代叶梦得在《避暑录话》里写道："凡有井水饮处，即能歌柳词。"由此可见，柳永的词曲，在当时的民间是广为传诵的。仕途的坎坷曲折、歌舞场的辛酸，还有旅途的风雨成就了柳永的不朽，也奠定了宋词的辉煌。这是柳永的大幸，更是中国文坛的大幸。

《斗百花》作为柳永对政治仕途的渴望，表达了一段时间内柳永内心的真实想法。可柳永更多的时候还是不无自嘲意味地自称"奉旨填词柳三变"，混迹于市井之中，实现自己人生独有的价值。

柳永的人生，虽有不得志的憾事，但在我看来，他的一生，却依旧精彩非凡……

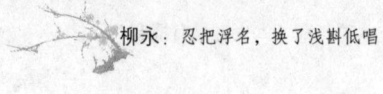

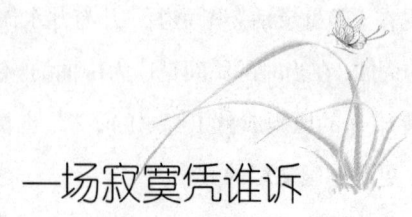

一场寂寞凭谁诉

誓言是开在舌上的莲花,它的存在是教人领悟,爱已入轮回,你们之间已过了那个不需要承诺就可以轻松相信的年代。而这大抵是徒劳的,人总以为得到誓言,才握住实质的结果,就像女人以为拥有了婚姻,就等于拥有了安全感。于是,给的给要的要,结果,在誓言不可以实现兑现的时候,花事了了。出尘的莲花也转成了愁恨。愁多成病,此愁还无处说。

——安意如

暮春时节,春意阑珊。

独居深闺的她望着纷乱的百花还有漫天飘零无所定向的柳絮,越发怀念起久去不归的心上人来。

唉……难道说,这无限春光也因我那心心念念的人儿的离开而消逝了不成?念及此处,她的心中不禁升起无限怅惘。

犹记得彼时,与他初次相遇的时候。她见他,品貌端正,举止风流,言语间无不透露着可爱的神色,绝对是一般浮滑轻薄之徒不可与之比拟的翩翩公子。她望着眼前这般纯良儒雅的他,一颗芳心竟怦然悸动……

他必是看穿了眼前这个娇憨天真又率性单纯的小丫头细腻的心思,如若不然,他又怎会在她流转顾盼的目光中,读出仅他二人才能读懂的无限柔情?他对她,又何尝不是爱怜顿生?

于是,一切似乎都那么顺理成章。在夜色笼罩下的闺房,彼此心照不

第一章　人生自是有情痴

宣的心灵契合,合拥锦被、共枕鸳鸯、耳鬓厮磨、缠绵云雨……

水到渠成,木已成舟。

而可惜无奈的是良辰美景,却春宵苦短。幽会欢好的时光在这对新鲜情人眼里显得格外仓促。她以为,这个特别而难忘的洞房之夜,便是二人美好的开端。

临别,遂许:"便只合、长相聚。"而后便长长久久、恋恋不舍地深情注视眼前这个自己深深爱着的男子。

"诺。"他回答得笃定而利落。

他是应了的吧,为何此刻不敢相信自己的回忆呢?还是男人的承诺本就轻浮,任谁也不该痴痴地相信他许下的是天荒地老的海誓山盟?她的心,因为自己的质疑而变得凌乱不堪。

是的,自他走后,便是长久的分离。本以为会天长地久和他在一起,怎料事与愿违,初欢之后竟是永久的离别!是情势所迫,还是男子负心?谁都不得而知。

唉……只是苦了这独居索寞的痴心痴情的女人。

一场寂寞凭谁诉?这看似轰轰烈烈的一场情爱终究还是难逃寂寞收场,这满腹的幽怨,又该向何人诉说?海誓山盟都可以就这样轻易辜负,那还奢望什么相伴到白头的长相厮守?

若早知道今日的念念不忘、难以割舍,那当初就不该让他离开,就应该把他留在自己旁侧,永远凝视,不给他丝毫离去的机会才对……若早知与他只是有缘无分的一场花事,那么,在相遇的最初,自己定会按捺住激动的灵魂……也或许初次的遇见,彼此就不该在相互的爱慕里沉沦……只可惜人非圣贤,又怎能清心寡欲?如今虽懊悔不堪,却也只能生生忍受这刻骨铭心的疼。

好一句痴情女子负心汉啊,仅一句,便道尽了世间情事的所有凉薄和辛酸之态。

你说你不是负心之人,只是因为情势所迫,离去也实属情非得已的两难。在为自己辩解的时候,你可曾想过那因对你朝思暮想而茶饭不思的痴心的人儿？侬本多情，"一日不思量，也攒眉千度"。你若真心爱她，念她，顾她，疼她，怎么忍心看着她因为对你的思念而眉头紧锁，斯人独憔悴？

堂堂七尺男儿，不能给自己的女人一个幸福的归属，不能兑现自己许过的承诺，不敢为爱义无反顾冲破世俗的枷锁，你，又算什么男人？你，又怎值得一个女人将其一生都托付？

纵然不是负心，纵然你有千千万万不能言说的苦衷，那你的懦弱与妥协也足以葬送一个女子曾经对你的百般爱慕与信赖！

平心而论，从古至今，男子的薄情与寡义，早就屡见不鲜了。柳永的这首《昼夜乐》中所表达的春归人去，见景伤情，是当时普通女子的闺怨之声。

只因司马相如一曲《凤求凰》便果断坚决地与其私定终身的卓文君，不顾家父卓王孙的阻挠，与司马相如双双私奔，共赴爱巢。为了爱情，她曾不惜放下她名门闺秀的金贵身份，甘愿当垆卖酒，以侍夫君……

可尽管二人有着这样深厚又来之不易的感情，卓文君还是免不了在司马相如科场得意飞黄腾达的时候险遭被休的危机。平日的相濡以沫，举案齐眉，彼时在司马相如的心中早已蒙尘，取而代之的是官场如何逢迎才能平步青云，风光无限。

夫君赴京六年不曾返家，一封"一二三四五六七八九十百千万"的"无意"家书有意刁难，卓文君当情何以堪？

一别之后，二地悬念，只说是三四月，又谁知五六年，七弦琴无心弹，八行书无可传，九连环从中折断，十里长亭望眼欲穿，百思想，千系念，万般无奈把郎怨。万言千语说不尽，百无聊赖十依栏，重九登高看孤雁，八月中秋月不圆，七月半烧香秉烛问苍天，六月伏天人人摇扇我心寒，五月石榴如火偏遇阵阵冷雨浇花端，四月枇杷未黄我欲对镜心意乱，急匆匆三月桃花随水转，飘零零二月风筝线几断，郎呀郎巴不得下一世你为女来我做男……

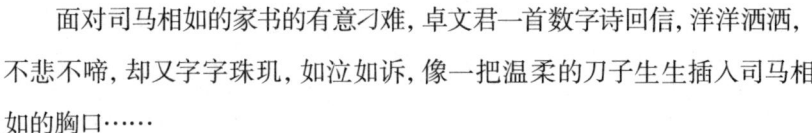

面对司马相如的家书的有意刁难,卓文君一首数字诗回信,洋洋洒洒,不悲不啼,却又字字珠玑,如泣如诉,像一把温柔的刀子生生插入司马相如的胸口⋯⋯

天下男儿皆薄幸。

司马相如这样饱读圣贤诗书,满腹经纶、才高八斗、学富五车的文豪尚且只能共苦不可同甘,经不起世间名利的诱惑,那更何况是平平常常的男子呢?

然,幸运如卓文君,能够凭自己的真挚与才情,用一首流传千古的数字诗,感慨出一句"郎呀郎巴不得下一世你为女来我做男"的辛酸悲声,勉强挽回丈夫那已经心猿意马的感情。可那些千千万万不幸的女子呢?她们的寂寞心事谁又明了?

在"三言二拍"中冯梦龙讲述的《杜十娘怒沉百宝箱》——曾经的情真意切、浓情蜜意始终抵挡不过金钱利益的诱惑,于是万念俱灰的杜十娘怒沉百宝箱,这是对负心汉李甲的心灰意冷,也是对炎凉世间的最后的愤怒⋯⋯

读罢,我们哀其不幸,我们怒其不争。

但是我们却依旧在不断的伤害中选择了一如既往地痴情。

痴痴地等待,痴痴地守候,痴痴地期盼⋯⋯翘首待良人,将忠贞与承诺作为活下去的理由,奉为生活的金科玉律。无人诉说,便选择沉默,默默地承受着这寂寞的情爱所带来的更多的寂寞⋯⋯

红尘男女,总归逃不出情天恨海。情情爱爱,聚聚散散,都不过是夜空中寂寞绽放的烟花,只是盛极一时,转瞬便又恢复一片无言的死寂。

穿梭于寻常巷陌的柳永是理解这些女子的。他巧借思妇的形象,将男女之间的这种俗世情感刻画得入木三分。他同情着这些女子,哪怕只是《昼夜乐》中这样一位平凡普通的市井妇女,也会得到他的怜悯,所以他才会吟诵出"一场寂寞凭谁诉"这样柔肠百结的佳句⋯⋯

行文至此,百感交集,不由得心生慨叹:寂寞不过女人心。

秀香家住桃花径

柳永从来都是敢直面自己在感情生活上是个浪子。

《昼夜乐》的开篇,一句"秀香家住桃花径"就可以看出,他从来不喜欢矫饰。

这个风流才子,喜欢为秦楼楚馆的姑娘们和教坊的乐工们用当时的口语填词,写出她们的心思。这翩翩才子,浪迹在烟花柳巷,写尽那些红粉的心思,这叫那些闺中的女儿情何以堪。这怎能不让世人鄙俗的目光斜睨。可是,柳永他就是柳永,他就愿意写尽那些烟花女子的美艳。世人眼光,能奈他何?后世人眼光,也和他无半分瓜葛。

总是会忍不住地想,是不是天才都注定了会与世格格不入,是不是多情的人都注定孤独。他,便是一个最好的佐证。

秀香是个幸运的姑娘,这坦荡荡的词句,看似露骨,却少了披披藏藏,透着尊重。当然,尊重是相互的,由此也不难想象,为何柳永在烟花丛中如此受欢迎。文人大笔一挥,可在姑娘的个体体验中,这一笔一画可是载着不一般的重量,还有什么比被人尊重更让人心动的呢?

特殊的身份,使得谈幸福成为一种奢侈,幸福仿佛是遥不可及的梦,那些属于那些大家闺秀,生命充满了尖锐的刺痛。每日沦陷在声色犬马、觥筹交错里,脸上的笑,淹没了心里的苦。良人虽难遇,激情虽短暂,但每逢唱起一首为自己而作的曲子,心里也会涌起一丝满足与甜蜜。

柳永没有结婚,他死后没有家属为之营葬,由歌女们聚资为他营葬,因此他变成了一个传奇人物；以后她们每年还为他举行"吊柳会"。这让我不禁唏嘘，一个天上难找地上难寻的才子，在辞世后，没有亲人和朋友的惦念，却得了一捧歌女的眼泪，这样经久不衰的爱也是十分可贵的。

柳永是个坦荡的人，他不仅毫不避讳，甚至还欣然自得地写自己的情场生活。虽是一位官场失意的不幸者，将近五十岁才考中进士步入仕途，但失意之后的他，心中充满了感激。官运落寞，使他成为一位情场的幸运儿，使他能在青壮年时期有充裕的时间和精力流连于"平康巷陌"，"连日疏狂"(《凤归云》)，甚至"往往经岁迁延"(《戚氏》)。

柳永和那些烟花女子关系非常融洽，他作词填曲，她们浅斟低唱、长袖善舞。可以说他们组成了一个以浪子柳永为中心、一大堆风尘歌伎为羽翼的"才子佳人集团"。对此，柳永也曾自豪地说："自古及今，佳人才子，少得当年双美。"

少年柳永科考落第之后便开始混迹于烟花柳巷之中，因其得天独厚的风流倜傥，还有才华横溢的旷世奇才，又喜为落入风尘的歌伎们填词，所以即便他在仕途上一直都郁郁不得志，功不成名不就，但却在市井巷陌间名噪一时。他的词作，通俗普遍，可以说是当时平民阶层津津乐道、喜闻乐见的大众文化了。而有如此地位，也使得柳永的作品在民间备受推崇、喜爱和欢迎。

在当时，若能得到柳永为自己填的词作，毫不夸张地说，那算得上是歌伎们最值得骄傲的资本了。柳永的词曲一唱，伶人歌伎的身价必然会瞬间倍增。所以，当时歌伎们的心声是："不愿君王召，愿得柳七叫；不愿千黄金，愿中柳七心；不愿神仙见，愿识柳七面。"可见，柳永在人们心目中的位置。

堂堂正正，坦坦荡荡，甜甜蜜蜜，缠缠绵绵，难得的真情，传奇般的故事。在那充满着污浊、虚伪、欺骗、残暴的社会里，莫要说柳永为舞女歌伎们写词写曲，他们就是热烈地拥抱，疯狂地相爱，也是崇高的、灿烂的。要说这就是柳永的沉沦，那么，这种沉沦太美了，太精彩了。

千百年来，敢如此沉沦的唯有柳永，沉沦到如此精彩的也只有柳永。

传奇如柳永，仕途无缘，却在烟花里灿烂。

暂回眸、万人肠断

我时常在想，定是上苍慈悲，怜悯世间万千伶人歌伎的悲苦，遂造就了多情柳永来温暖薄凉红尘。

作为一介失意文人，柳永的身边定有诸多红颜知己，与之惺惺惜惺惺。所以，在他的词作中，往往都是舞榭歌台连连，貌美佳丽不断。

凡出于柳永笔下的女子，可以说，个个风华绝代，举世无双。即便她们大多都是青楼里的风尘女子，但同样会被柳永描述得或清丽可人，或秀美妖娆，惹人爱怜，让人不由心向往之。

柳永的笔，似乎有着一股化腐朽为神奇的力量。其实不过是烟花柳巷，凭借卖笑以取悦他人来谋生的轻薄歌伎罢了，可经过了柳永文辞的稍加润饰，我们会意外地发现，她们之中竟也有被人们忽略掉的世间奇女子。

> 英英妙舞腰肢软。章台柳、昭阳燕。锦衣冠盖，绮堂筵会，是处千金争选。顾香砌、丝管初调，倚轻风、佩环微颤。
>
> 乍入霓裳促遍。逞盈盈、渐催檀板。慢垂霞袖，急趋莲步，进退奇容千变。算何止、倾国倾城，暂回眸、万人肠断。

仅一曲《柳腰轻》，便将谢玉英夸赞得堪比仙人。

在柳永眼中，他的这位红颜知己，比武帝夫人貌美，比玄宗贵妃多情。对于这样高的评价，我想，莫说是谢玉英这样一直备受生活迫害的凄凉苦命人，任是世间哪个女子也难以抗拒这里的款款柔情啊！

李夫人，乃西汉乐师李延年之妹，武帝宠妃。其兄曾作歌赞曰："北方有佳人，绝世而独立，一顾倾人城，再顾倾人国。宁不知倾城与倾国，佳人难再得！"

这是何其尊贵何其动人的李夫人啊，可柳永偏却吟出一句"算何止、倾国倾城"。

单单是"倾国倾城"就已经是世间绝美的佳人了，那不止是"倾国倾城"的容颜又该是何等姿色？莫不是世间已没恰当的辞藻来形容了不成？

霓裳舞罢，只是杨玉环的回眸一笑，唐玄宗便沦陷在她那妩媚的灵魂之中，拜倒在她的石榴裙下。从此后宫妃嫔顿失颜色，玉环始承恩泽。

"春宵苦短日高起，从此君王不早朝。"得此佳人，玄宗甘为美人放弃李唐百年基业。于是我们方知，帝王眼中，与红颜相比，江山社稷何其轻！

遂，天下大乱。马嵬坡前，六军不发，是为"安史之乱"。开元盛世终结，盛唐转衰。

杨玉环回眸一笑只是迷倒了一个李隆基就足以轰轰烈烈地改变一个朝代命运的轨迹了，也可以说，在这回眸一笑里沦陷的不仅仅是唐明皇，伴随他一起的，还有整个李唐王朝的太平盛世。那"暂回眸、万人肠断"又会是怎样的局面？短短的回眸，波光流转，万人断肠……柳永此语一出，堪称经典。

虽不乏其夸张偏爱的因素在其中，但不管怎么说，柳永的情意是任谁都不能抹杀的——李夫人算什么？杨贵妃又算什么？在我眼中最美最多情的还是我眼前这位舞步多姿、婀娜妖娆的谢玉英。我管你是什么身份？卑微低贱又如何？这些完全不能动摇我对你的一往情深，你永远都是我眼中最美……

敢问，这世间还有比这更动人的情话吗？纵然一无所有，但若得此良人，相伴到老，便也称得上此生无憾了……

柳永写词，超凡脱俗，风格独特，深得市民喜爱，不知不觉中便覆盖了东京汴梁的大街小巷，但却为当时文坛的文人雅士所不齿。

他才华横溢，词情豁达明艳，却也自负傲慢，心高气傲，断送前程，但却依旧放浪形骸，且歌且行。

从古至今，一谈及柳永，便少不了提及他近乎不拘礼法的风流韵事。而事实上，历史上流连于秦楼楚馆的文人骚客不胜枚举，或因怀才不遇或因仕途不顺而选择纵情歌舞，以抒发胸中的沉郁，本不足为奇。但柳永却能够成为这众多文人中最奇特的一个，并且使文化得以发扬，就不得不让人另眼相看了。

柳永也许是中国历史词坛上第一个用笔诉说妓女内心世界里不幸与凄凉，进而表现她们从良愿望的词人。所以，他不仅在文学方面造诣不凡，在思想上也创造了不朽的诗篇。

这样看来，就不难理解当时社会上的妓女们对柳永的个人崇拜和疯狂追捧了。

"不愿君王召，愿得柳七叫；不愿千黄金，愿中柳七心；不愿神仙见，愿识柳七面。"想必这也算是柳永人生的另一种辉煌了。这是柳永坎坷人生中最精彩的一笔，是对他悲悯心肠的最珍贵的报偿。

即便是潦倒一生，却一生不缺知己，虽穷困一世，但却也一世逍遥。就连死去，也是被风光厚葬，颇具气势。

"悲剧是上天给了你抱负，给了你理想，给了你实现理想的才华，却一生不给你施展完成的机会，生生折断你的理想。即使是悲剧又岂能尽归罪于'天意'？人难道就可以两手一拍，声称自己全无责任？"已经不记得何时记住的这些话，但此刻觉得用在柳永身上再合适不过。

尽管没有出将入相，没有封妻荫子，没有兼济天下，但是还是要说，柳永的一生，不是悲剧。因他在自己失意的时候仍旧不忘播种向善的热忱，温暖人间的冰冷，所以才收获了这世间难能可贵的一片痴情。

在"万般皆下品，惟有读书高"和"学而优则仕"的年代里，没有列土封疆纵然是柳永人生一大憾事，但却有幸拥有了此等情意丰厚的人生。对于柳永来说，这又何尝不是人生的一大幸事？

泪沾襟袖

在中国文坛浩瀚的长河中,柳永是个不朽的传奇,矛盾重重,颇具争议,但却依然能够在历史的沉淀中独领风骚。

修身齐家治国平天下,这是古代君子的政治追求。而柳永,一生流连于烟花柳巷之地,与伶人歌伎为伍,可谓未修其身,未齐其家;而又因为他狂妄不羁的品性,恃才傲物,恣意狂荡,一生仕途坎坷,也没有实现自己的政治愿望,又可谓未治其国,更没能平定天下。

古语有云:"穷则独善其身,达则兼善天下。"柳永仕途未曾通达,遂谈不上兼善天下,但却没能在仕途穷困之时有什么崇高的志趣,遂也称不上独善其身。

"为天地立心,为生民立命,为往圣继绝学,为万世开太平。"这是宋代大儒横渠先生口中的读书人的最高境界。传奇如柳永,又是无一具备。

可就是这个在旁人眼中"一无是处"之人,却是北宋历史上第一个专力作词的词人,是北宋文学史上风格独树一帜的一大词家。他在中国文学史上是占有重要地位的。

他是景祐进士,官屯田员外郎。为人放荡不羁,终身潦倒。死时靠妓女捐钱安葬。其词多描绘城市风光和歌伎生活,尤长于抒写羁旅行役之情。

他的作品,新颖脱俗,别具一格,豁达明艳。他扩大了词境,佳作极多,他不仅开拓了词的题材内容,而且写作了大量的慢词,发展了铺叙手法,促进了词的通俗化、口语化,在词史上产生了较大的影响……

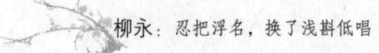

秦楼楚馆，舞女歌伎，是很敏感的话题，可柳永在自己的诗词创作中却从不回避。

因此称柳永多情公子实不为过，或者说浪子词人更佳。

达官显宦、正人君子们凭着权势，肆意地纸醉金迷于秦楼楚馆，醉生梦死于舞女歌伎群中。因为权力，似乎这一切都成为合法的、应该的、无可非议的。可转过身，回到殿堂、公馆，穿上了官袍，戴上了乌纱，他们又会以传统道德守护者的身份，像煞有介事、道貌岸然地去污蔑、谩骂自己曾经作践过、蹂躏过的舞女歌伎，以显示自己所谓的文明儒雅。

可柳永不同，也可能唯有柳永不同。他以善良、真挚的同情心体察那些生活在社会最底层的妇女，他放下了傲视权贵的"白衣卿相"的架子，以心换心，和舞女歌伎做朋友，以满腔炽热的真情去温暖那些冷冰冰的心还有滴血的灵魂。

他肯为她们写词，肯为她们垂泪。即便天涯羁旅，也不忘怀念曾经在东京汴梁陪伴过他的青楼女子们。因为这样，在被世人泼满污水的地方，柳永看到的是来自大宋王朝的深入骨髓的污浊龌龊，看到的是在华丽崇高的面具掩盖下的卑鄙和肮脏。在柳永的眼中，最肮脏、最卑鄙的地方，不是秦楼楚馆，而是富丽堂皇的朝堂宫殿。

忽而想到了一个关于柳永与谢玉英的故事。

谢玉英最爱唱柳永的词。柳永恃才傲物，惹恼了仁宗，不得重用，中科举而只得个余杭县宰。途经江州，照例流浪妓家，结识谢玉英，见其书房有一册柳七新词，都是她用蝇头小楷抄录的。因而与她一读而知心，才情相配。临别时，柳永写新词表示永不变心，谢玉英则发誓从此闭门谢客以待柳郎。

柳永在余杭任上三年，又结识了许多江浙名妓，但未忘谢玉英。任满回京，到江州与她相会。不想玉英又接新客，陪人喝酒去了。柳永十分惆怅，在花墙上赋词一首，述三年前恩爱光景，又表今日失约之不快。最后道："见说兰台宋玉，多才多艺善词赋。试与问，朝朝暮暮。行云何处去。"

谢玉英回来见到柳永的词，叹他果然是多情才子，自愧未守前盟，就卖掉家私赶往东京寻柳永。几经周折,谢玉英在东京名妓陈师师家找到了柳永。久别重逢,种种情怀难以诉说,两人重修旧好。谢玉英就在陈师师东院住下,与柳永如夫妻一般生活。

后来柳永又因出言不逊,得罪了朝官,仁宗罢了他屯田员外郎,圣谕道:"任作白衣卿相,风前月下填词。"从此,专出入名妓花楼,衣食都由名妓们供给,都求他赐一词以抬高身价。他也乐得漫游名妓之家以填词为业,自称"奉旨填词柳三变"。

柳永尽情放浪多年,身心俱伤,最后死在名妓赵香香家。他既无家室,也无财产,死后无人过问。谢玉英、陈师师一班名妓念他的才学和痴情,凑一笔钱为他安葬。谢玉英曾与他拟为夫妻,为他戴重孝,众妓都为他戴孝守丧。出殡之时,东京满城妓女都来了,半城缟素,一片哀声。这便是"群妓合金葬柳七"的佳话。

谢玉英痛思柳郎,哀伤过度,两个月后便死去。陈师师等念她情重,葬她于柳永墓旁。

这份感情,也称得上是凛冽的了。

他不会避讳自己对青楼歌伎的留恋和同情。"空遗恨,望仙乡,一饷消凝,泪沾襟袖。"正所谓,情到真时自为词。像柳永这样人间难得的痴情之人,已然少有了……

卫道士们可以有千百种理由来嘲笑这个浪子。可事实上,不管是中国文学史还是世界文学史,妓女始终参与了文学创作的全过程。

深怜痛惜还依旧

倾杯乐

皓月初圆,暮云飘散,分明夜色如晴昼。
渐消尽、醺醺残酒。
危阁迥、凉生襟袖。
追旧事、一饷凭阑久。
如何媚容艳态,抵死孤欢偶。
朝思暮想,自家空恁添清瘦。

算到头、谁与伸剖。
向道我别来,为伊牵系,度岁经年,偷眼觑、也不忍觑花柳。
可惜恁、好景良宵,未曾略展双眉暂开口。
问甚时与你,深怜痛惜还依旧。

月是故乡明。

读过上面一阕《倾杯乐》,莫名就想把这句话放在开篇。或许是觉得对于漂泊在外的游子柳永来说,每到皓月初圆的时候都必定要有思念故园的情结吧。

夜色四合,彩云飘飘。在柳永的醉眼里,这明亮的圆月,照得傍晚和白昼无异。

酒意渐渐散去，已是深秋时节，他登高独自凭栏远眺，不觉已感到了袖口升起阵阵凉意。

怀念起前尘往事，竟让柳永这多情的词人久久呆立，感慨良多。

任是多么妩媚妖娆的佳人，到最后都要一个人孤独终老。

整日思念，朝思暮想，只能平添自己的几许清瘦罢了。

谁能与谁共白头啊！词人一阵心酸。

曾经向我诉说心事，而如今已经过了一载光阴，偷偷地看，不敢看花柳！

可惜了那美好景色，却没有一个愉悦的心情去欣赏。

敢问一句，我什么时候还能与你共度光阴、共享心事？

这是一首典型的羁旅之作，漂泊的词人怀念曾经的红颜知己。

从柳永的生平看，这应是他科考再度落第的那个人生阶段。在他的这段人生中，他并没有真正放下心中的功名之欲。

和众多读书人一样，他向往官场，他想要功名。他期待自己可以走上通达的仕途。所以他选择了放逐自己，四海漫游，辗转于改官的漫漫长路上。"路曼曼其修远兮。"这条道路上，难免孤单难免寂寞，在满心苦楚无人诉说的旅途风雨中，柳永只能通过写词作曲来表达自己羁旅行役的心情，聊以自慰。

柳永科举屡次失败，到头来虽得到了一个小小官职，但他也并没有开拓出能够实现自己梦想的舞台，再加上改官道路曲折，眼见升迁无望，这更使柳永的心充满了对人生和生命的无限感叹。

叶嘉莹先生在《唐宋词十七讲》中说，柳永的这类词成功地将词境从春女善怀变成秋士易感，真正写出了一个读书人的悲哀。

写完凄秋，转而写思念。思念远方佳人。这是柳永词作中的固定模式。

这《倾杯乐》里写的是自己思念的爱人。柳永虽未提及云雨，却提起了同样让当时社会上的文人雅士所不齿的秦楼楚馆等烟花之地，提起了貌美如花的歌伎。

究其原因，主要是柳永身在京都的时候，他的大部分时间都是和歌伎一起度过的，并且那些歌伎给了他无数欢快的、让他感到自我价值得以实现的美丽回忆。日后能够怀想起的,总是生命里曾让自己难忘的,给过自己安慰的,曾在自己落魄时给过自己救助的这样一些刻骨铭心的经历和记忆。柳永也是如此。在改官征途中,他唯一能忆起的,便是那些在他不如意的时候能够陪在他身边的烟花女子。

"正人君子"们骂柳永沉沦,可柳永只是用一颗柔软的心,将烟花女子——这些社会最底层的卑贱人物作为真正独立的人写进了词中,赐予她们有血有肉的苦乐爱恨。这些命薄如花的弱势女子,也有真情真爱,值得尊重和叹咏。她们无法选择,她们又何尝不希望自己有一段绮丽的人生、一个美好幸福的家庭呢?

多少年来,柳永和他的词一直在争议中传唱着。不衰,因其真情真性,切中人心;争议,因其与"主流""礼教"二者的冲突。随着文明的进化,人们的眼界和心胸慢慢打开,柳永的率真浪漫反而才愈加可贵。回望历史长河,柳永的词作像是一枝独秀,屹立于宋词之姹紫嫣红之中,不故作高深,也不与他人趋同,别有一番风味。就像凡·高的画,因为卓越,所以不凡。

"正人君子"们骂柳永沉沦,是因为柳永爱烟花巷。那么"正人君子"们真的就没有去过烟花巷吗?他们又是何等的德行,何等的禽兽。确实也有没去过烟花巷的正人君子。那么,他们在烟花巷之外就没有干过烟花巷的事吗?或者说,他们灵魂深处就没有对烟花巷的向往吗?有几个"正人君子"敢说不。

是清是浊,是黑是白,问题不在事情的本身。权势,是权势者的魔杖。它对绝大多数的男人和女人都有着强大的诱惑力。凭柳永的智慧和才华,完全可以为自己争得一些权势和名利。可犯傻的柳永就是不开窍,偏偏背离权势而亲近下层的歌女舞伎。

可以说,一个作家的人生经历决定了他以后创作的格调和特色,正是当时的社会条件给了柳永那样的坎坷经历,让他不得不以勾栏瓦肆为栖息的港湾。在体制之内未得到的认可,到了烟花之地才得到弥补。因此我们便不能苛求柳永写出如"大江东去"般具有雄心抱负的句子。因为他能想起和描绘的,只能是年少时嫣红的记忆和记忆中的人。

出身于儒宦家庭,却拥有着一身与之不兼容的浪漫气息和音乐才华的柳永,一生就在这二者之间奔波忙碌。他眷恋花前月下的情场,却又念念不忘科举仕途。一部浩瀚的《乐章集》就是他周旋于二者间时体现出的不懈追求、失志之悲还有儿女柔情的结合。因而,柳永是矛盾的。他的矛盾既源于他本人,又源于他所生活的社会。他想做一个倜傥的文人雅士,但却永远都无法摆脱对俗世生活里情与爱的眷恋和依赖;而沉醉于温柔乡的时候,他却又会时时挂念自己的功名利禄……

柳永是人生仕途的失意者、落魄者,他无暇去关注那些人永恒普遍的生命忧患,而只能侧重于对自我命运和生存苦闷的深思、体验以及对真正爱情的向往与追求,痴迷于对功名利禄的渴望与追求,抒发自己怀才不遇、命运多舛的痛苦。因此他只能戚戚然地做着拖着一条世俗尾巴的自封的"白衣卿相"。

所以,一句"深怜痛惜还依旧",欲说还休,道出的不仅仅是对爱人的思念,还有柳永对自己此时境遇的无可奈何的荒凉慨叹。

细数古今中外的天才,都有痛苦的人生。柳永拖着一身好才华与坏运气,在自己的世界里顾影自怜着。他像是浩瀚深海中的孤岛,瑰丽又布满荆棘。好在还拥有一支笔,那是另外一个自己,可以挥洒出漂亮的诗篇,伴他走过每一个春夏秋冬。他是幸运的,因为在物欲横流的21世纪,很多男人的梦想是有一个红颜知己,柳永拥有的是可以把金钱和生命置之度外的真正知己。

承载着孤独和温情的生命,聆听着过路的风,把它们的呼吸声写成句子,刻在记忆里。

不曾忘记,何须记起。对于人生的追求不只是功名利禄,还有流芳百世。

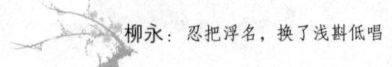

别来锦字终难偶

"陇首云飞,江边日晚,烟波满目凭阑久。立望关河萧索,千里清秋。忍凝眸。"山岭之上,黄昏的彩云纷飞,傍晚的江边,暮霭沉沉,落日西斜。凭栏久久望去的柳永,却只看见山河的冷清萧条。清秋处处凄凉的河山,让人实在不忍再看。

"杳杳神京,盈盈仙子,别来锦字终难偶。"至今仍在京都汴梁的她,一切可还安好?天仙一样的她,可谓梨花带雨,光彩照人。自我辞别遥远缥缈的帝京,至今分手时日已久,却始终没有听到关于她的只言片语的消息,也再没能与她相见。

唉……命运的百转千回真是将我们这些凡夫俗子好生愚弄啊。触景生情,柳永不禁喟叹。

"断雁无凭,冉冉飞下汀洲。思悠悠。"望着一群群徐徐飞向南方水边的大雁,柳永对远方那个仙子般佳人的殷殷思念更加绵长……

鸿雁虽过,却终无锦书。

"暗想当初,有多少、幽欢佳会,岂知聚散难期,翻成雨恨云愁。"回想起当初一起幽会欢愉的时光,是多么美好奇妙啊!可谁知道,离合聚散却偏不由人,当时的所有欢乐,反而变成了今日的无限怅惘!

这该死的回忆!吟至此句,柳永的心,早已经痛得不成样子了吧?回忆仿佛是个无情的杀手,它生生将人的咽喉扼住,让人喘息不得,痛苦不堪。

"阻追游。每登山临水,惹起平生心事,一场消黯,永日无言,却下层楼。"柳永深知，他是漂泊四海之人，对着关山万里，阻隔重重，他们已经无从相见，只有将对彼此的思念之情，深藏于心底罢了。只是每当登山临水的时候，还是不免会惹得自己满腹辛酸，引起一些对过往事情的无限回想。每每至此，便总是黯然销魂，黯然神伤，沮丧到无话可说，只好独自默然下楼，以平复自己早已波澜起伏的内心……

读罢《曲玉管》，不禁慨叹，柳永啊柳永，这便是你多情多才多风流的文人风骨啊！就连爱情，就连心中最美好的寄托和皈依你都设计得那么别具一格！你的爱情，在世人的眼中堪称脱俗。如此情感，真是可歌可泣。

可以说，古往今来，爱情都是贯穿人类始终的永恒的主题。

唐明皇与杨玉环贵为皇族，从长生殿里的言之凿凿到马嵬坡下的六军不发，此二人之间备受争议的旷世绝恋，是为长恨，堪称惊世骇俗。

赵明诚与李清照，骚客雅士与才女佳人的完美结合，于是夫唱妇随，琴瑟甚笃。可谁料，天妒英才，赵明诚英年早逝，使得李易安愁肠百结，于是词曲之中无不流露出对已故爱侣的思念。

梁鸿与孟光，虽是平常百姓人家，夫妻之间却举案齐眉、相敬如宾，这等的恩爱对世人加以的那些赞美之词，可谓受之无愧。

此等美谈，流传千古，堪称佳话。

但真正让人敬佩甚至感到崇高的爱情却往往不是这千篇一律、按部就班、循规蹈矩的典故。相反，那种冲破一切世俗阻力，大胆挑战传统的脱俗浓烈的爱更让人觉得人间有大美。而柳永，便是那位用自己多情的一生去诠释人们心中非凡爱情的勇者……

他本是阳春白雪的文人骚客，她们却是烟花柳巷、勾栏瓦肆中辗转于不同男人之间的风尘女子。但他对她们，却全然没有那些道貌岸然的达官显宦流露出的鄙夷和嫌弃，相反还会怜惜有加，肯定她们的才艺双全还有一往情深。

这般堂堂正正、坦坦荡荡，爱就是爱，不分高低贵贱，不分三六九等。管他是大夫公卿还是黔首布衣，管他是金枝玉叶还是风尘儿女！此心此情，可叹可敬。

其实可以说柳永的一生，是坎坷的一生。他积极科考，四处漂泊，却也没能如愿换来自己人生的飞黄腾达。但在人生的走走停停中，他又有幸遇到了那些命运悲凉凄惨的女子，于是惺惺惜惺惺，进而心心相印，最终成为灵魂上最亲密的伴侣。

她们视他为信仰，甘愿为他千金散尽，只为博得他在词曲上的赞赏……

通过《曲玉管》足可看出，与那些柔情蜜意的歌伎的共同生活，是柳永漂流异乡时，极美好的回忆。每每登高怀远，都不禁会触景生情，感叹羁旅生活愁苦的同时，也表达着与红颜知己们的离愁别恨和对她们的深深思念。

都说"易求无价宝，难得有心郎"，所以这些身份低微、地位低下、人格惨遭侮蔑，且在社会上备受冷眼和迫害的青楼歌伎，因为柳永的善良真挚还有满腔的才情而开始钟情于他。于是，"愿得柳郎心，白首不相离"几乎成了当时那些歌伎的精神寄托。

可纵然柳永对这些女子真是一往情深，但是对于注定一生都要"羁旅行役"的他来说，始终无法许诺给这些他深深爱怜的女子一个现世安稳、一个长长久久的未来……就像他在《忆帝京》里所说："系我一生心，负你千行泪。"意思是说，你会让我永远地牵挂在心上，但我没法和你长久在一起，所以只能辜负了你的千行眼泪。

情真意切，字字诚恳，绝无半点敷衍和丝毫虚情假意。可毕竟性格使然，命运使然，所以这些女子也只能是他独树一帜的悲壮人生中匆匆的过客，而不是最终的归宿；只能是他生命里一个精彩的瞬间、短暂的片段，却没有哪个会自始至终都占据着他，至死不渝……

一句情在不能醒，于执迷中道破了天机。

不是不想自拔，而是人在其中，心不由己。人若放得开了，看起来会不会比较幸福？

不懂得放手，亦看不开，死死抓住，直到手里的东西死去，这又是何苦来？天长地久终茫茫，或许"别来锦字终难偶"才是柳永的爱情里，最完美的结局。

此等情长，虽让人有泪可落，但心却不曾悲凉。

第一章 人生自是有情痴

赢得凄凉怀抱

满朝欢

  花隔铜壶,露晞金掌,都门十二清晓。帝里风光烂漫,偏爱春杪。烟轻昼永,引莺啭上林,鱼游灵沼。巷陌乍晴,香尘染惹,垂杨芳草。

  因念秦楼彩凤,楚观朝云,往昔曾迷歌笑。别来岁久,偶忆欢盟重到。人面桃花,未知何处,但掩朱扉悄悄。尽日伫立无言,赢得凄凉怀抱。

一朝清晨,花舞何处?

那一场美丽的邂逅,留下了一章缱绻的词情,道不尽风光烂漫,说不清心事晓风。他伫立繁华尽头,看遍人世间的情愁哀怨。

他的才情,没有人怀疑;他的爱情,是一段迷离的佳话。

红颜知己,美人如玉。

那一年,他俊美孤傲,神采飞扬,欲与天公试比高,闲把天下来纵马。他想要用一支秃笔,将一腔才情,都抒写在青史之上。他以为他可以功成名就。只是,他没有想到偌大的京城,繁花似锦之中,容不下他的"浅斟低唱"。于是,他带着不平和踌躇,蹒跚地回到了歌舞升平的平凡人间,回到了诗词意蕴之外的阑干楼头,闲看日落月升,云卷云舒。

他把浮名都换作了人间的嬉笑怒骂,他把自己放纵在落日的余晖中,一把古琴,一首清词,一张纸笺,一位红粉佳人,就这样,诗酒趁年华。

那些文人表面上嘲讽他流连勾栏瓦肆,俗气非常。但是内心里的羡慕

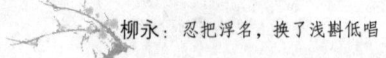

和钦佩就像是一阕又一阕的慢词,长长地表达着对于文字的震撼。他们以为,他过得不错。他们在心底里羡慕着这位才子的境况。

他们不敢承认,这其实就是他们想要的生活。

他们以为,他的生活,很好。

他们不知,他的内心,是如何的彷徨、迷茫……

他的酒杯,装满了苦涩和落寞。举杯邀明月,对影成三人。那些寂寥落寞,总在月下徘徊,歌舞凌乱。他意兴阑珊,举着酒樽,喝了一杯又一杯的孤独。他的眼中,有着深深的凄凉,他觉得自己已经把失落伪装得很好了,却在转身之间,看见了身边那一群同样孤独的女子。她们的眼神,与他,一样。

唯有那些浅笑低唱的女子,才能懂得他刻写在风景后的清风朗月。

她们懂得,他的心事。

她们懂得,他的才情。

她们懂得,他和她们一样,没有一个真诚的怀抱,可以温暖那颗被世俗缠绕束缚的心。于是,他的歌,唱出了她们的心声和难过。她们的舞,变成了他对这个世界的指责。

一个人把心境空寂到一定的境界,那么,他的心也就变成了一首禅诗。再看那山水,也变成了禅宗的悟道。

看风景还是风景,那只是视觉上的画面感;看风景变成了佳期如梦、韶光似水,那才是真正的赏心悦目。清宵温梦,迷烟灵沼,巷陌乍晴,垂杨芳草。繁花过后,迎来的便是顺其自然的时节,或者是夏末的空空,或者是秋天的厚重。有人说,春光之后的季节,总是让人怀想激荡,但是,柳永的繁花似梦,留下的却变成了秋日的凉薄……

那一天,下了很大的雨,他走在雨中,任凭心中的涟漪扩散为整个秋天的寂寥。他忽然爱上了这场迟来的秋雨,因为,那浮生的寒冷,打湿了他被束缚住的心房。他知道,他的人生,不应局限于这样一个失意的城,要到那边,走到那样一个世外桃源,缘起缘灭;走到那样一个缥缈松林,世间轮回。

他的离开,勾起了多少胭脂泪,但是,他挥一挥素白的衣袖,留下一段

▼《溪山访友图》[北宋]郭熙 绢本 墨笔 纵96.5厘米 横46.3厘米 云南省博物馆藏

此画写深秋山水。凌云而出的高山,清冽的溪水,巨石突兀,长松乔木,点缀着寻幽访友的高士,表现了寄情林泉的雅兴。画幅右上方有作者楷书『臣郭熙』三字款识,应系在画院奉旨所作。此图笔墨秀劲,章法严整,绘制年代应在《早春图》之前,是郭熙传世绘画中的早期之作。

此画以立幅形式表现深山春雪过后的景色，画之上部雪山巍峨，峻峭的山峦和茂密的林木衬出山中的屋舍，溪水流淌，水磨欢转，使寂寥静谧的雪山增添了生气。画幅左下方山石上有『熙宁壬子二月奉王旨画关山春雪之图，臣熙进』款识，可知此画绘制的时间与《早春图》为同一年，画法也大体相近。

▼《关山春雪图》[北宋]郭熙 绢本 淡设色 纵197.1厘米 横51.2厘米 台北『故宫博物院』藏

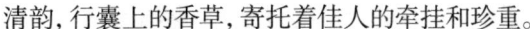

清韵,行囊上的香草,寄托着佳人的牵挂和珍重。

漂泊总是艰辛,但是信仰让人执着。

湖湘苏杭,浙皖秦扬,那些古城的名字,犹如那些曾经美人的名字,带有太多的柔情故事。江南,就是一首宋词,温柔缠绵、痛彻心扉。他行走在苏堤的石子路上,风云的交错,都让人不忍侧目。因为每一幅画面,都是一点诗化的风情。那些美景,让他想念起京城,想念起那些温柔的女子。他觉得,也许,该回去看看了。

一路向北,风声中开始有了熟悉的音调,那些模糊的字节,仿佛还歌唱着一位词人内心深深的抑郁和多情。

街头巷尾,一如旧时。亭台楼阁,绚烂依然。

但那些和他一样多情痴迷的女子,却芳踪难觅了。是岁月改变了人生,还是人生的变幻改变了那风景里精致的岁月?曾经的少年,岁月忽老;曾经的美人,黄昏迟暮。

那些曾经,变成了零碎的片段,变成了不堪重来的感伤。

他站在昔日繁荣的旧楼废墟之上,回忆变成了苦茶,催生着那些情愫,在暗夜里生长蔓延……一点点的苦涩、一点点的清新、一点点的夜凉如水,相隔咫尺,芳草天涯。

凉风吹拂起往事,一生薄幸名,三世情知己。

朱扉青苔,所有的一切,变成了回忆的尘埃。

有些诗句,让人动情。

有些词调,让人动心。

动情,或者动心,都是一些温热的情愫。当曾经的感慨过后,人生也只剩下了现实的平凡。

想起过去,不胜唏嘘。

还记得年少时的梦吗?还记得年少时在抽屉深处的那本日记吗?还记得那一张张散落在风中写满忧伤的信纸吗?

我们不再像少年一样,为赋新词强说愁。却道天凉好个秋?只怕秋天的凉薄已经不能引起我们的感慨了吧!我们开始关注生活的艰辛、工作的繁重、家庭的琐碎，很少再去读一阕宋词，作一首青春的"靡靡之音"了。那时的我们不懂得什么忧伤，却自认为比任何一个年龄段的人都懂得忧伤。

少年情怀总是诗。只是，人生没有重来，过了那个诗一样的年龄，就再也想不起有关风花雪月的伤感。再也没有勇气去看深夜的月亮，害怕自己被卷进千年的寂寞之中，高处不胜寒。

我们在岁月中，越走越寂寞，且行且珍惜。

难怪昆德拉会说，聚会都是为了告别。林黛玉也是如此不喜欢聚会，其实她是害怕热闹后的分离，那会让人更加伤感。当年的诗情画意，如今已变为废墟里的粉末。面对着那些回忆，叹息和怜悯是一种别样的哀悼，为了逝去的青春，为了迟暮的红颜。

不知为何，忽然想起了那首美丽的花间词——《菩萨蛮》：

　　人人尽说江南好，游人只合江南老。春水碧于天，画船听雨眠。垆边人似月，皓腕凝霜雪。未老莫还乡，还乡须断肠。

过去，是一种美丽。韶华易逝，年华飘落，那种美丽的哀愁，只在回忆里变得可爱，现实中的过往，一点也不动人，因为感伤，因为悲伤。

人面桃花，不知何处。

空得那些追忆的一个凄凉的怀抱……

追悔当初,绣阁话别太容易

梦还京

夜来匆匆饮散,敧枕背灯睡。酒力全轻,醉魂易醒,风揭帘栊,梦断披衣重起。悄无寐。

追悔当初,绣阁话别太容易。日许时、犹阻归计。甚况味。旅馆虚度残岁。想娇媚。那里独守鸳帏静,永漏迢迢,也应暗同此意。

我们可以离别,可以再见,可以再不相见。

可以默默感怀,可以就此陌路。

但是,爱情毕竟发生过,我们无法视而不见。

爱情,究竟是个什么东西,让我们的心,变得如此丰盛?如此魂牵梦萦?

雪小禅说,爱情,不过是一朵寂寞的烟花。

一朵烟花,盛放出耀眼的光芒,容纳的只是两个人的寂寞。当你觉得你把握住了爱情,你以为把它戴在了头上、把它放在了胸口,其实,它不过是一朵烟花,只那一瞬间的盛放,然后黯然无光。但这一瞬间,却让两个人刻骨铭心地走过沧海桑田。

柳永的词写过那么多的悲欢离合、阴晴圆缺,每一阕词,都有着爱过的痕迹,芳心可可,相怜相惜;每一阕,都有着一个明艳动人的女子,明眸皓齿,言笑晏晏。我不想知道每一阕词中那个盈盈的女子是谁,因为他的红颜知己,实在太多太多。我只想知晓,柳永的心里,究竟为谁留着位置。是那个与他一读而知心的谢玉英，还是那个灼灼其华的赵香香，抑或是那些终日围绕在他身边的妖娆女子？午夜梦回，他一心挂念的可还是在枕边熟睡的人？

柳永在烟花身边，被那些美丽所包围；温柔乡里，是醉生梦死的年少光阴虚度。夜来匆匆，相思重重。灯下忽明忽暗的心事，像是一杯浊酒，品味不出任何滋味，只在身体里与相思一起烈烈燃烧。蒸腾出的寂寞，奔向明月，旧欢如梦里。

他爱着那些烟花女子，爱着从她们口中唱出的长调、慢词，吴侬软语的相思，别有一番情致。只是，在他的心底，那个巫山云雾般的女子，始终是一颗鲜红的朱砂痣，灼灼地煞着相思。对酒当歌，魂牵梦萦的心头，痴痴念着的只是当年墙头马上的回眸一笑。

因为，那是爱情。

可是，既然相爱，为什么还要分开？为什么那么相爱却还要承受分开的痛苦？

总有些措手不及的分离。刘墉说，这就是人生！什么幸福是永恒的呢？生与死常在一线之间，有与无没人能保险。只是生长在幸福中的人，常不知道世间会有不幸这件事，直到有一天他真正地失去。

人生是什么？

就是不断失去，不断得到，转而又失去的过程。

不论什么，都会失去。

思念总在分手后，因为失去了那些东西，我们才知道有些人有些事是不能够被替代的。那些即使不是无价之宝，但对于我们自己的人生来说也是独一无二的！

我忽然想起了一部时间久远的电影——《这个杀手不太冷》。

小女孩玛蒂达和杀手里昂。

她在深夜闯进他的家门，请求那个冷酷的男人救救她。他不知所措地看着她，在那一刻，他从冷酷无情的猎豹变成了慈眉善目的邻家大叔，他收留了玛蒂达，教她射击、搏斗，和她一起喝牛奶、养植物。如果他们就这样终老,那么,这就是幸福。里昂甚至都忘记了自己是个杀手,他忘记了他们所处的背景,他忘记了自己不可以拥有一份感情。于是,他必须用自己的命去换她的命,两个人,只能有一个活下来。这就是宿命。

影片的最后,女孩抱着那盆美丽的植物,走在阳光炙热的街道上。她长大了。她因为一次宿命,懂得了所有的人生。

她会不会后悔?因为,她,换了他的一条命!

她会不会知足?因为,她,在他的生命里绽放出一朵美丽的鲜花!

我想,在她长大的时候,在她明白人生无常的时候,她应该感谢的,是他。

一段爱情,不全在于是否天长地久,是否有那些一如既往的心动。只要,现在,此刻,两个人的手还在紧紧相扣,那么以后无论生死,无论悲喜,无论咫尺天涯,那样的爱情,再也不会有悔恨,不会有遗憾。

有些意外,需要经历生死,需要有一个人必须离开另一个。爱情是一种宿命,没有人能够躲得过。生死之间,不是忘川,不是黄泉,只是一张冰冷的白布,跨不出、扔不掉。生死不过平常事,谁也不知道什么时候就要面对。柳永说:"追悔当初,绣阁话别太容易。"有的时候,只是一句轻轻的再见,此生也就再也不见。

就像是里昂对玛蒂达说:"等着我!"玛蒂达等待着他,却再也没有等到那双厚实的手掌为她遮风挡雨,带她走过枪林弹雨。她的长大,完全是因为他的再也不见。没有了那个人的保护,就要自己努力地长大,真正地成为一个大人。我们不能总是依赖身边的人,人总是要长大的,人总是要独立生活的。人生就是这样,不断地失去我们依赖的人,然后,我们就在失去中一点点懂得什么是亲情、什么是友情、什么是爱情……最后,我们懂得了什么是人生、什么是宿命,然后带着其他人对我们的依赖和眷恋,缓缓地走入了下一个轮回。

她就在这样的轮回中,等待着她的战神,重新出现在她面前,带来一盆新的植物。

她应该是快乐的,因为,他真的爱过她!

她应该是幸福的,因为,她的命,是他换来的!

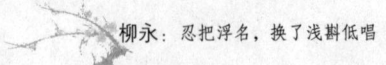

她知道，自己应该好好地生活下去，用他的眼睛、他的感觉、他的心灵，他的一切一切。

他的命，是她。她的宿命，是他。

菩提本无树，明镜亦非台，本来无一物，何处惹尘埃？

这世间，一切情感皆由心起，而岁月就是一面镜子，照着内心，记忆就在那里一遍又一遍播放。光阴是一捧忘川水，让人们不动声色地忘记了过往；光阴也是一味催化剂，悄悄地生发出更多细枝末节的情事。

只要爱过，哪怕有一天一定要说再见，那么，也不要追悔，不要害怕，不要伤悲。深深地爱着那个人，深深地把那个人铭记在心里，就像有人说过的那样：只要你真心喜欢过一个人，你的心就会有一部分，是永远属于他的。

其实，再见也是一句誓言。

离魂乱，愁肠锁

鹤冲天

闲窗漏永，月冷霜华堕。悄悄下帘幕，残灯火。再三追往事，离魂乱、愁肠锁。无语沉吟坐。好天好景，未省展眉则个。

从前早是多成破。何况经岁月，相抛嚲。假使重相见，还得似、旧时么？悔恨无计那。迢迢良夜，自家只恁摧挫。

漫漫长夜，梦醒时分。你想起了谁？

月光还是冷冷的，霜一样的冷漠，窗外残缺的灯火明灭点点，往事纷至沓来，让人不安，这样的秋夜显得格外漫长。古诗云："梦长随永漏，吟苦杂疏钟。"

永漏，这一词，读来就有古诗的意蕴，仿佛说穿了辗转反侧的心事，它就守在窗前，呼吸里都是惆怅的。

"离魂乱、愁肠锁"，总觉得这一句话，最适合在灯火阑珊处诵读，有些时候，怀念一个人，总希望一转头就可以看见那一地相思。

不知道你有没有过面对死亡的时刻，那一瞬间，你想到的是什么？

不知为何，这一首词，让我想到了《入殓师》。

其实，很久以前就想看这部影片了，只是不知道该用怎样的心情去看⋯⋯

原来一直以为这是惊悚片或者恐怖片，因为影片的名字给人一种严肃的感觉，看过之后，发觉自己竟然哭了，不是害怕，而是懂得生死之后的轻松和温暖。

影片中不时地穿插一些小小的黑色幽默，但是整体来说，这部片子的格调还是严肃而又不失温情，毕竟入殓师这个职业是面对生死之间的距离的。那代表着尊严和尊重。而影片的主人公大悟就在这样的温情中学会了感悟。

入殓师又称葬仪师，是专为死者整理遗容、纳入棺中的职业，这个职业主要出现在日本，在我们国家，可能尸体美容类似这个职业。

影片的开头是茫茫的大雪，漫无边际，那似乎就预示着生死之间的迷茫和困惑吧；然后是大悟到了工作的地方，为逝者换衣、擦拭、整理，每一步都做得那么仔细，就如同……就如同那是一个新生的婴儿。

这部影片就是讲述了一位入殓师助手成长的故事。也许有人会说这个题材有些平淡，但是导演的艺术手法很到位，影片的基调严肃而轻快，围绕日本传统的葬礼方式，在亲人、恋人之间展开了一系列的温馨的故事。音乐大师久石让的配乐也为本片增色不少，他为影片谱写了以大提琴为主要乐器的背景音乐。琴音时而激越，时而温柔，仿佛主人公内心的情感之流。这样的配乐与电影的舞台——山形县庄内的安宁的平野相得益彰，充满自然气息的四季风景在琴音的烘托下，显得抒情怡人、格外美好。

大悟跟着师傅最开始学习的时候，因为受不了这种感官和精神的刺激而不断呕吐，并且在思考自己被骗了什么，但是，他始终没有想要逃避。我想，一部分原因是薪水很丰厚，而更大的原因是他想要弄清楚人在面对生死之间的那段距离的时候，心里是怎样的震撼……

看那些人的悲伤表情，大悟的师傅脸上也会有悲戚的表情，那种表情来源于心灵的共鸣，来源于对人生的彻悟。每个人都要面对死亡，但每个人都不能说出死亡前的那一刻体会到了什么，就像影片中的助理说的一样：棺材的材质和装饰不一样，但是烧起来一样，躺起来一样，只是……人一辈子最后买的一样东西却是由别人来决定的……这话，让我沉默了很久，因为，死亡真的是让人有所感悟又有所恐惧。

有一个情节，是大悟的旧邻澡堂老太太逝世了，大悟饱含悲伤的情绪做完他的工作，入殓时，那个丧葬公司的老人说：感叹之后，就开始一点点回忆过去。死可能是一道门，逝去并不是终结，而是超越，走向下一程，正如门一样。我作为看门人，在这里送走了很多人，说着路上小心，总会再见的……

这样的一段话，每个人都应该为之动容，那不只是电影的对白，也是我们应铭记的誓言。

最后的最后，大悟为自己的父亲入殓时，突然之间那些空白了三十多年的记忆纷至沓来。他以为他的父亲当初狠心抛弃他和母亲，所以他不愿再想起父亲的脸，不愿再去原谅父亲。但是，当他跪在父亲的遗体前，看到父亲手中紧紧握着儿时的他送给父亲的那块小石头时，他觉得他这辈子再也不会忘记父亲的脸了，再也不会。

天底下没有不爱孩子的父母，大悟懂了，亲情没有丢失，父亲一直都在，一直都在。

亲情、爱情、友情、死亡，交织在一起，这就是完整的人生，这就是我们为之奋斗的所有吧。也许我们会有挫折，或有明媚，或有忧伤，或有希望，那么多的情感之中，我们在乎的就是值得的东西。不论怎样，坚持下去，都是一种经历。

死亡的感觉，没有人能形容，生死之间的那段距离，也并不是每个人都懂。

死亡有时距离很远，但有时距离却是那样近，近到让你觉得人生有时就是这样现实，不会像喜剧电影中有起死回生的法术，而你却又不得不去接受。因为这也算是生命的礼物吧，即使那有点残酷。

那段距离，也许代表着两个世界的连接点，但是却让人迅速地成长和领悟，让人的心里有着再也不能磨灭的印记……

因为不可避免，因为我们的生死，就是一种轮回。

不想接受，但是要学会习惯，习惯这种孤单的面对。做不到坦然，但也要试着去体会那种尊严，那种生死之间距离的尊严！

人生就是一门艺术，也许就是要有大彻大悟的精神，才能更好地懂得这门艺术吧！这样的一段距离，是你我的坦然面对……

泰戈尔说："Let life be beautiful like summer flowers, and death like autumn leaves."

让生命如夏花般绚烂，死亡如秋叶般静美。

好景良时,也应相忆

两同心(其二)

伫立东风,断魂南国。花光媚、春醉琼楼,蟾彩迥、夜游香陌。忆当时、酒恋花迷,役损词客。

别有眼长腰搦。痛怜深惜。鸳会阻、夕雨凄飞,锦书断、暮云凝碧。想别来,好景良时,也应相忆。

读这首词的时候,窗外下着雨,让心中又多了几分愁绪,这真是应景的雨。不知怎么,读到"好景良时,也应相忆",就想起了一篇关于友情的文章。

有一种朋友,我想那是一种介于爱情与友情之间的感情,你会在偶尔的一时间默默地想念他。想起他时,心里暖暖的,有一份美好,有一份感动。在忧愁和烦恼的时候,你会想起他,你很希望他能在你身边,给你安慰,给你理解,而你却从没有向他倾诉,你怕属于自己的那份忧伤会妨碍他平静的生活……

好景良时,应该是什么时候呢?

下着雨的午后、星光灿烂的夜晚,或者,只是因为一首歌、一个似曾相识的画面,想起了那些散落天涯的友人。

毕业时,唱得最多的一首歌,就是《那些花儿》。直到现在,我也不能完整地唱下这首歌,即使只听前奏,也会变得哽咽。

那片笑声让我想起我的那些花儿

在我生命每个角落

静静为我开着

我曾以为我会永远

守在他身旁

今天我们已经离去

在人海茫茫

他们都老了吧？

他们在哪里呀？

……

我们就这样各自奔天涯

有的时候，我们的思念，是为了一段友情。

你会因为一首歌曲、一种颜色，想起他，想起他的真挚，想起他的执着，想起和他曾经一起经历过的风风雨雨。因为有了这样一个朋友，你会更加珍惜自己的生命，热爱自己的生活，因为你知道他希望你过得好，他希望你能好好地照顾自己，再见面时，他希望你能告诉他你很幸福。

有多少人，因为不懂得这样的一种情感，从而让那种美丽，凋谢凌乱。

看见某位朋友的笔记上摘抄过这样的话："真正的朋友，不是在一起有聊不完的话，而是即使不说一句话，也不觉得尴尬。"

这样的话，来形容至深的友情，真是妙极了。

《菜根谭》里说得很好："醲肥辛甘非真味，真味只是淡；神奇卓异非至人，至人只是常。"这不是说友情，但那真味只是淡，却也值得玩味。

生活有时候平静得会像一口枯井，也许你会掉进这口枯井里去，也许你没有什么天荒地老、海枯石烂的爱情，也许华发早生、满鬓苍白，但是有了这样的一位朋友，在你的生命中就会有些许涟漪，些许色彩，你想着他，默默地记起他，也许此生此世都不会忘记了。

梁实秋先生在《雅舍小品》里写过，有位朋友去看他，以嘴边绽放微笑当成行见面礼。二人默对，不交一语，梁教授递过香烟，对方便一支一支地抽。又献上茶，也便一口一口地呷，左右顾盼，意态萧然。等到茶尽三碗，烟罄半听，主人并未欠身，客人兴起告辞。梁教授将此誉为"六朝人的风度"。

那种风度，有时，更像是一杯淡茶的味道。品茶的时节，总会想起这样一段友情。

一杯清淡的水，放了几片茶叶之后，突然生出了几丝绿意来，而那干枯了的叶片，在很短的时间里舒展开来。此时，仿佛听到茶在那一刻轻轻地说：随君沉浮……

友情，就好像泡茶，不一定要有百年普洱、明前龙井，但是，一定要有足够的善意和真诚。好的朋友犹如上等好茶，一句简单的问候表达无尽的牵挂，茶的氛围适合一个人的安静。

朋友如茶，或历久弥新，或品之淡然，有茶一样的朋友，有朋友一样的茶，偶然间不经意想起，送上几句问候，也会如一壶或一杯香茗，满屋馨香。品茶不像喝酒那般，一杯入口，激情顿起，越喝越热闹。品茶，是越喝越安静，让人心灵沉淀。生活像水，友情如茶，没有茶的水依然是水，没有水的茶就不知是何物了。互为朋友的两个人，一个是水，一个是茶，二人浮浮转转，在人生的杯子里，沉淀出一份香茗情怀。不苦涩、不生疏，一句关怀，天高云淡。

友情，喝的是工夫茶，品的是茶道！

朋友像香茗，让人沉淀，使人坚强；朋友是生命中永久的财富，真诚不可亵渎。适量的茶碰到适合自己的水，茶水又碰到适合自己的人，这茶、水、人因缘而得以相逢，才使人生没有缺憾。

喝茶的时候给人的一种感悟，就是这样一种淡淡的回味，犹如岁月在脑海里慢慢地浮现，又轻轻地消逝，留给自己的只是一种感悟。

珍惜现在的一切，包括友情、爱情和亲情。

朋友不仅只是相逢于路中的匆匆过客，他是人生旅途中的知己。

挚友如茶。

还记得古诗中的一句"我醉欲眠卿且去,明朝有意抱琴来"。诗人在与友人把酒言欢时,醉了,便径直去睡,只对朋友说:"我去睡了,明天我们可以继续对酒当歌,赏花作赋。"这样的不羁潇洒,深深地透露着一种真情。

这不是无礼,而是积淀多年的深厚的情谊,默然会心,不拘小节。意到已足,兴尽而归。

你们很少联络,在这长长的一生中,你们相聚的时光也许只有几万分之一,但是在彼此的心中都保留了一份惦念、一份嘱咐,就算他到天涯海角,就算过了许多许多年,就算再见面时,早已是人非物亦非了,你仍然会那样深刻地记着这样一个人,这已经足够了。

你很感激在这个世界上,有这样的一个人,他不会经常在你的身边,他也并没有为你做些什么,你却希望,他会过得很好,长命百岁,子孙满堂,幸福安康……

你也很高兴有过那样的一份感情,纯净而又绵长,在这纷繁复杂的人世中,有这样的一个朋友,值得你去祝福,去思念……

继日添憔悴

定风波

伫立长堤,淡荡晚风起。骤雨歇、极目萧疏,塞柳万株,掩映箭波千里。走舟车向此,人人奔名竞利。念荡子、终日驱驱,争觉乡关转迢递。

何意。绣阁轻抛,锦字难逢,等闲度岁。奈泛泛旅迹,厌厌病绪,迩来谙尽,宦游滋味。此情怀、纵写香笺,凭谁与寄。算孟光、争得知我,继日添憔悴。

一首词,浸透了凉意。读罢才了然,憔悴,原来是最深的忧伤。它是柳永辞藻里寂寂展开的淡蓝色花朵,它的根,是他心中一片忧伤的心海。柳永的词里没有李白、苏轼那样多的酒,可是用情之多却让二位无法比拟。

浮生的功名,换了一阕阕慢词长调,未知何时黄金榜上,才能有才子佳名。

"黄金榜上。偶失龙头望。明代暂遗贤,如何向。未遂风云便,争不恣狂荡。何须论得丧。才子词人,自是白衣卿相。"

柳永,一个温柔的名字,一个柔情似水的男人。从古至今,能毫不避讳地与妓女们交往的男人也许就只有他一个了,这样的男人似乎只有在古龙的书里出现得最多,他应该是充满豪情的大侠,毫无顾忌的剑客,是可以与相爱的女人浪迹天涯的洒脱男子。

一双浓情的眼,藏了万千柔情,万千悲悯,还有万千爱意。

"烟花巷陌,依约丹青屏障。幸有意中人,堪寻访。且恁偎红翠。"好一个多情郎。"风流事、平生畅。青春都一饷。忍把浮名,换了浅斟低唱。"一曲牵出多少无奈的心事和怅惘。

那是眼中景,亦是心中图。狂风歇,骤雨停,婉约佳人,长堤而立,远眸凝望,眼神中带着期许。不知不觉,泪已半眶。看千帆过尽,看万舸川流。心中空落一片,却盛满了清晰的疼痛。忧伤,不必言说。

回眸间,已经是满目伤痕。泪水奔腾,淡淡幽怨缠绵,如雨丝般滴答滚落,弥漫岁月的隧道,遮住眼帘的期盼。剪不断、理还乱的思绪,那哀怨的双眼,掩藏不住岁月的沧桑,停留在此,定格此刻眼眸的感伤,丝丝缕缕,幻化如云如雾,如水中月、镜中花,哀凉地掩映着一个忧愁憔悴的人儿。她的眉梢上,是一个婉转多情的爱情故事。

自古以来,忧伤似乎成了女人的一种风情,心碎也成了女人的一项义务,女人总是弱者,所以总会受伤。用情越深,伤得越深,无药可解,只能在苦海里独自沉沦。

莫非,这是爱情定律?

柳永,是个白衣翩翩的有情郎。每一抹忧伤,都逃不过他的眼。他的怜中有情,他感同身受地忧伤着,替那些柔情似水的女人心疼着。这样的男人太少,所以才会让那些女人倾心,成为大家的梦中情人。

身处红尘中,却是孑然一身。究竟,这是堕落,还是最决绝的清高?

在柳永的笔下,《定风波》开始脱离那些艳情的唱词,更多地表现为自己内心的感慨和噫叹。长堤之上,晚风骤起,雨后的凉意,让风景变得萧疏。车来人往,都只是为了争名逐利。一个失意的人,看着路途长远,不知如何走向下一个转角。

一生只为浮名,流连辗转,等闲度岁。他真的不在乎那些功名利禄吗?不,他在乎的是自己的一腔热血,无处付忠心。无人理解的孤独和凄凉,比旅途的劳累更让人失落。一世烟雨,一生风波,何处安放自己的志气?何处安定人生的际遇?他看着滔滔江水,犹如宦海沉浮。他的一叶扁舟,浮浮转转,不知将去向何处,也不知还要多久才是漂泊的尽头……

这一首《定风波》用一种别样的语言,表现了更加旷达的胸怀。一曲

《定风波》,传唱千年,不管怎样变幻,不变的,是那玲珑剔透的文人才子的才情心思。诗意盎然,痴迷一生。其实,对于满腹才华的柳三变来说,虽然不得志,但词作传遍天下,自己有了名气,又有着众多女子的爱,就像生活在一个女儿国里,女人与酒、音乐与词成了生活的主宰。让别人羡慕嫉妒恨吧,自己过的是一种恣意的生活。

《定风波》里,他看见了那些痴情女人的忧伤和憔悴,也隐隐地疼着自己心中那片空寂的土壤。一种情绪渐渐滋生,他的眼中出现了一个浮生的映象。感慨之后,是无奈的叹息,为人心忧,为己心痛。

也或许,很多时候,柳三变沉醉在一种温柔的喜悦中,但独自相向时,他又会想起自己的功名。人往往有着矛盾的性格。柳三变一直有当官的渴求,出仕的愿望与眼前的才子词人生活,时常上演着拉锯战,在柳三变的一生中,"官魔"与"词魔"一直拉扯着他的心。他在疼痛的拉扯间,绽开一朵朵奇葩。

有一种执着叫期待,有一种快乐叫苦难。柳永的一生就是在期待中坚守执着,在苦难中寻找快乐。

而忧伤是一首婉转的歌,憔悴是歌声里最低沉的调子。筝音似水,潺潺流淌的,是一个个如泣如诉的故事。柳永,用最柔软的笔端,把一个风情万种的故事,还有那千丝万缕的情愫娓娓道来。

有时候觉得,柳永的幸运在于他生对了时代,诗走到宋朝,已经像一件被女人们穿腻的华丽衣裳,不再有盛唐时的喧嚣了。读者需要变换一下口味,能够拎起笔吟咏几句的文人们,也需要转变一下观念,改变一下文风。词的韵律比劳神费思的诗要上口些,方能适合于吟唱,事实上,它也就是为吟唱而诞生的。换个角度想,也要感谢宋仁宗,因为他没让柳永这位才情并茂的小文人在仕途上一帆风顺,我们今天才得以有幸读上这曲《定风波》,也才有幸跟随这个男人走向那远古的忧伤。

苦难总是如影随形,永无休止地缠着柳永。艰难活着的柳永,只能使身心的痛苦变得无以复加,除了酒中求趣和词中求慰,柳永一无所有。

柳永这样一个男人,向来是不该属于某一个人的。因为有太多女子需要他的懂得，需要他的呵护，有人说他花心，有人说他多情，可我知道，他不是一个薄情男，他爱每一个人都爱得真切。寂落人生，原本是悲苦交叠，那些苦命的人儿，若是没这多情才子系念，那老天也真是不公了。

因此，花街柳巷里，因为这么个不理会世俗的人，反倒是多了一些真了。人情冷暖，世事无常，浮生若梦，真真假假，扰了心，乱了眼。却唯独柳永这个乱世才子，心是清澈的。

人世苍凉如梦，柳永醉在那花街柳巷，沦落在人们的笑谈里。曾几何时，梦中，他见到过自己走在鲜花繁盛的道路上。

沦落，对于柳永来说，似乎是一种最快意的自由。直至千年后，我们的头脑里，还活着这么一个洒脱的男子。

有人说，喜欢柳永的女人多为感性之人，我也如此，喜欢一边喝茶，一边读着柳永的词。忽而觉得，他从远古走来，慢慢向我们靠近，一手挽起宽大的衣袖，一手挥毫泼墨，把天地间的灵气凝成珠玑，一颗颗镶进今人的梦里，挥之不去。

千年前的柳永当然不会想到，失意之下的涂鸦会为他带来盛名，他只是不停地咏叹着小市民的生活，兼而为自己不幸的仕途发发牢骚，如此而已。这样的咏叹和牢骚被谱上曲，被歌女们弹唱，谁知道就这么流行呢！浮名这个东西，之于柳永，本就是个无心插柳的事情。可那忧伤的情绪，却是柳永最真实的心境，久久地挥之不去。

未肯轻分连理

尉迟杯

宠佳丽。算九衢红粉皆难比。天然嫩脸修蛾,不假施朱描翠。盈盈秋水。恣雅态、欲语先娇媚。每相逢、月夕花朝,自有怜才深意。

绸缪凤枕鸳被。深深处、琼枝玉树相倚。困极欢馀,芙蓉帐暖,别是恼人情味。风流事、难逢双美。况已断、香云为盟誓。且相将、共乐平生,未肯轻分连理。

柳永的词凡是有井水的地方,就有人歌,就有人吟。柳永却从来都不知道自己的名字和词作已经覆盖了远近的市井巷陌,楼堂馆所;不知道那带有磁性的词句和清新的韵律已经征服了天下的歌迷和追星族;更不知道,在某些阴暗的角落,有人在窥视他的行迹,有人在分拆他词作中的不安定因素。一个人,能得到如此重视,纵使滋味复杂,也可算是不枉此生。

很多人说,柳永的词是靡靡之音。但是,他为人为词,确实有不俗之处。"井蛙不可以语于海者,拘于虚也;夏虫不可以语于冰者,笃于时也。"而我们就是井蛙,不可语海?是夏虫,不可语冰!那么,且让我们随着柳词,看一幅忧伤的古时画卷。

想起柳永就会想起夏雨秋荷云淡风轻,想起江水烟波断桥幽径;就会想起一个唇红齿白的青年玉树临风,翩然吟咏在江南水乡楼阁,桨声灯影之中。"陇首云飞,江边日晚,烟波满目凭阑久。"如此儒雅绅士,不演绎出一段温柔似水的风流故事岂不可惜？这多情才子自是不会枉了这番美景。历史，也从不会浪费任何一个有才的人，它总是会利用他们的命运曲折，来丰富一段岁月。这样，便演绎了一段大宋朝婉约的花事。

柳永，是个迷恋情感的人。无论对潇潇暮雨还是看蘋花月露，他始终会牵挂心上佳人。

柳永为歌女们写曲子，说尽了她们的缠绵之思。读到"针线闲拈伴伊坐"时我禁不住悠然神往，想象那女子一定穿着红红的小棉袄，在早春暖暖的透过窗棂的日光下，陪着自己的爱人不言不语然而笑靥如花。柳永这个有情的文人、有情的男人。他又说："且相将、共乐平生，未肯轻分连理。"好一个剪不断的连理，好一番绵绵深情厚谊。

我们完全有理由相信，柳永当时的许诺是真诚的。但这违反了封建婚姻制度。在宋代社会，像虫虫这样的歌伎，是根本不可能与宦门子弟柳永结为配偶的，更何况柳永后来考中了进士，踏入了仕途，客观条件不允许他去践行自己曾经许下的诺言。在当时的历史条件下，柳永敢于在作品中表达与歌伎结为配偶的愿望，实属难能可贵。

柳永从女性的角度，细致体会到流落风尘对女性精神的压抑和损害，应该说，这里不但有柳永对歌伎的同情因素，而且有在感情下移后所出现的平等色彩。因为他所面临的就是眼前的你和我，他所希望的就是如何共享你和我之间的这份感情。这虽然是世俗的，但却是实在的。他发出"算得天上人间，惟有两心同""且相将、共乐平生，未肯轻分连理"的良好愿望。柳永还真正觉察到了歌伎的心愿，为她们表达心声，温柔而多情。世人看他太俗。

他，总是能给歌伎们最大的温暖。不是因为他白衣翩翩，也不是因为他的辞藻有多么的温柔婉转，而是因为一个字，懂！

无数次，他呼喊着命运颠簸，无数次，他失魂般悲伤。柳永，他多么希望在孤单失意的时候，能有一个人走过来，和他一起静静地望着远方，待自己诉说心中万般苦痛后，会微笑着轻轻地吐出一句："我懂。"

所有痛苦在内心集结成的冰封，都将会瞬间消融。他口中的词，就有这般力量。

　　他温柔多情,人们看着他醉倒在烟花柳巷里,都会不自觉地咂舌,他的腰杆也定是如柳一般,绵软极了。可是,世人却都错了。在那样一个时代里,也许只有柳永才是真正的顶天立地的男子汉,那些为了金钱和权力而屈身的人,是无法和柳永相提并论的。

　　"才子词人,自是白衣卿相。"仅就这一点而言,杜甫、韩愈之流的格调则相对低了些,一朝做官便三月不知肉味。即使是放浪形骸的李白,也打不烂名枷利锁,仰天大笑地去做玄宗的亲随。真真洒脱的柳永毅然斩去了文人怎么也甩不开的仕宦的诱惑。

　　柳永是北宋盛世的弃儿,柳永又是历代历世的宠儿,好古而慕词者,自会对柳永之作爱不释手。

　　历史的缺憾就是这样被一点点地弥补起来的。虽然长路漫漫,但始终没有停下这温情的脚步……

柳永：忍把浮名，换了浅斟低唱

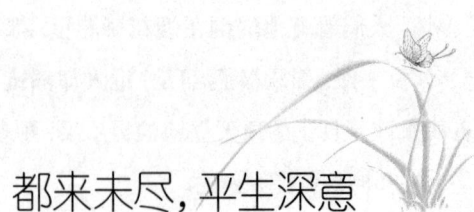

都来未尽，平生深意

慢卷绸

闲窗烛暗，孤帏夜永，敧枕难成寐。细屈指寻思，旧事前欢，都来未尽，平生深意。到得如今，万般追悔。空只添憔悴。对好景良辰，皱著眉儿，成甚滋味。

红茵翠被。当时事、一一堪垂泪。怎生得依前，似怎恁香倚暖，抱著日高犹睡。算得伊家，也应随分，烦恼心儿里。又争似从前，淡淡相看，免恁牵系。

又是一首伤心的词，注满了伤心的泪。怅饮无绪的柳永，目送兰舟远去后，凄然落泪，酒醒于此堤岸，是心潮作浪翻醒了惆怅的他，天还没亮，晓风残月，一片迷茫，多么凄切、凄美，典型的江南醉态，而不是北国大漠风烟醉卧沙场君莫笑的粗犷，凄美的西子湖，凄美的醉。

读了这样一位孤独人的词句，内心的波澜，就是一江春水，平静之中，蕴含了千年封藏的冰凉。

旧事前欢，淡淡相看。

那些从前，再美丽，也只是曾经，往事不堪回首，因为只会引起细碎的尘埃，迷了双眼。那眼泪，再也不是感怀，只是眼泪。

望月思君，感知你等候的苍凉；望秋伤歌，难给你解除那份寂寞——彼此相知相惜，却不能牵手遨游，只能让醉人画面在梦里摇曳，清晰地滋润每一根神经，梦醒，散落一地的伤。

也许，我们的内心，承受不住百分之百的伤悲，承受不住百分之百的幸福，承受不住百分之百的任何情感，因为我们的内心，不是百分之百的满足。

要有对比，要有发现，才知道要对自己的生活满足。

最近学会了一个词——平凡心。

平凡心，不在于你有多清心寡欲，而在于你用何种态度去面对这个浮躁的世界。想必，他柳永定是看透了这世界，在这乱世里，甘愿平凡。

他们把曾经的美好时光深深地珍藏于心底。那爱，虽然是短暂的，却用真情在彼此的生命中铸就了一种永恒。

"都来未尽，平生深意"，曾几何时，他慢慢地闭上眼睛，任泪水在脸上泛滥，从内心深处蔓延出一丝冰冷。多么忧伤凄美的爱情，多么凄凉的一生。在一瞬拥有了他的爱之后，便也拥有了永恒。

常常在想，大多故事中，男女主人公离开这个世界的刹那，肯定是带着一份为之相守了一生的爱而去的。可他，却是注定了永远孤独。他，只是他自己的主宰。

谁都不是天生爱寂寞，谁都是疼痛着长大。开始，结束，然后又开始，再结束。

或许，柳永曾经的某刻，会如同我此刻般，守着一个屋子静静地发呆，靠着时间的流逝去忘记很多很多的东西，或者拼命地去追忆脑中残余的一小段值得自己眷念的画面。那些脑中的记忆如电影般徐徐播放，只有自己一个人坐在观众席中。就这样一个人行走在自己的记忆途中，直到苍老、遗忘。

也许，忘却该忘却的，就能记得该记得的。

物是人非的捉弄，是否是有人让你喝了一碗名为"孟婆汤"的药水？或是你刚刚路过那座叫"奈何"的桥，不想成为滚滚红尘里最落寞的人？

人生初见，永远只是香了满纸的诗词字句；而过去，也只不过是那残留的淡然！

爱情，是一种微笑的荒凉！

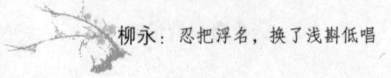

嫣然一笑中，世事已淡然！

这样的幸福不可能长久。朋友都说，如胶似漆会遭天妒的。也因此，我羡慕柳永的淡然。忽而想起那些历史上出了名的女人，似乎冥冥之中在验证这个诡秘的咒语，不管她是愚钝还是聪颖。

杜十娘是一个美丽而有心计的女人，不然，无法在七年货腰生涯中悄然积下巨资。她本来就是京中名妓，骗男人是她的拿手好戏，当她有本钱从良时，将终身托付给了老实人李甲，可偏偏就是这个怯懦无能的男人，给了她最狠的一刀。在孙富的几句浮言下，他就客串了人贩子，把刚刚获取自由的她，重新推向火坑。

这是她平生最看错的一个人，也是最致命的。那场"怒沉百宝箱"的悲剧，本可以避免，她只消打开箱子，李甲的嘴脸马上会转变。可是她没有，她选择了玉石俱焚的结局，因为心碎，因为绝望，不想再活。

也许，沉沦到了悲伤的深渊，才能更加敏锐地感受光亮，感受幸福。忽而，心便明朗了，因为知道，柳永在那沉沦之时，心中却是有一番别样清朗的世界。在世俗里堕落，却在精神天堂里快乐！

杜十娘曾经如此接近过幸福和快乐，她计划浮居苏杭，逍遥度日，她什么都有了，金钱，自由，青春，爱情——只可惜，她的爱情是假象。面对李甲的背叛与残忍，她已不愿抗争，洞悉了人性的丑陋与自私，曾经步步为营小心谨慎的杜十娘选择了死亡。

遇人不淑是女人最大的不幸，而识人不明更是主动犯下的错。无论时代怎么进步，女人依然会看错人，因为，恋爱中的女人是瞎子。盲的不是眼，而是心。

好好怜伊,更不轻离拆

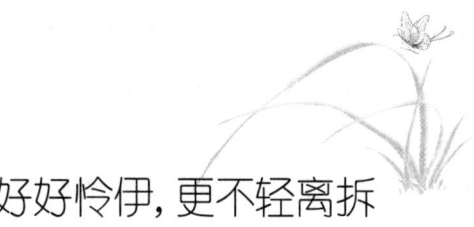

征部乐

雅欢幽会,良辰可惜虚抛掷。每追念、狂踪旧迹。长祇恁、愁闷朝夕。凭谁去、花衢觅。细说此中端的。道向我、转觉厌厌,役梦劳魂苦相忆。

须知最有,风前月下,心事始终难得。但愿我、虫虫心下,把人看待,长似初相识。况渐逢春色。便是有、举场消息。待这回、好好怜伊,更不轻离拆。

这首词,出现在电视剧《书剑情侠柳三变》中,在虫虫中毒生命垂危时,她只想让心爱的男人在自己身边,虫虫要求三变只为她一个人作首词,于是三变就吟诵了这一首词。

在历史上,这首词,也确实是柳永为红颜知己虫娘而作的,以此悼念逝去的虫娘。

虫娘确有其人,但是,他和她的故事,浪漫如何,历史上没有过多的笔墨。野史寥寥,不知所终。

我宁愿相信,是虫娘的温润,让柳永那颗漂泊的心,有了暂时的温暖和停留。

他们在灯红酒绿中相遇,那一瞬间的怔忡,不是因为陌生,而是似曾相识的感召。他不信命,但在这一刻,却相信,命运之手把她送到了他的身边,不再离开,好好相爱。爱上一个人就是一秒钟的事情。

他是风流的男人,身边不乏美丽的女子,可是,在遇见虫娘的那一刻,他爱上了爱情。他开始觉得自己的心,希望与虫娘朝夕相伴。他抛却了一切,过去种种风流,与他再无关联。心下痴痴念着的,是这个珠圆玉润的女子。"待这回、好好怜伊,更不轻离拆。"这是不是一种诺言?这是不是他对她爱情的忠贞保证?

虫虫,他唤她虫虫。他宠着他的虫虫,念着他的虫虫,他把她当成了一个小女孩,给她最纯真的爱情,就像是一碗温热的汤,暖了两个人的心扉。

一个男人,爱上了一个女人,就给她一个专属的昵称,每天唤她千遍,声声里,都是对她的爱。

他还在另外两首词中,抒发了对虫娘的爱慕。

> 虫娘举措皆温润。每到婆娑偏恃俊。香檀敲缓玉纤迟,画鼓声催莲步紧。 贪为顾盼夸风韵。往往曲终情未尽。坐中年少暗消魂,争问青鸾家远近。
>
> ——《木兰花》(其三)

> 小楼深巷狂游遍,罗绮成丛。就中堪人属意,最是虫虫。有画难描雅态,无花可比芳容。几回饮散良宵永,鸳衾暖、凤枕香浓。算得人间天上,惟有两心同。
>
> 近来云雨忽西东。诮恼损情悰。纵然偷期暗会,长是匆匆。争似和鸣偕老,免教敛翠啼红。眼前时、暂疏欢宴,盟言在、更莫忡忡。待作真个宅院,方信有初终。
>
> ——《集贤宾》

有画难描雅态,无花可比芳容。

他满腔的才情,却描绘不出自己爱人的容貌秀色。

她的容颜,不能用那些词语来修饰,因为,他的心中已经深深地铭刻着她的音容笑貌,因为深爱,所以无法描述,真的会有那种感觉,因为太爱一个人,所以竟然会在某一刹那不记得她的样子。

闭月羞花,不足以说明她的身段妖娆;沉鱼落雁,不能描绘她的柔美笑靥。

他太爱她，爱到已经不知该如何去爱的境地。

可是，不管多么相爱，他们仍然不能挣脱世俗。

她是青楼的烟花女子，他是落魄的填词才子，那些世俗，就是物质。

她想要离开青楼，就要用黄金万两来赎身。而他，不过是一介书生，穷困潦倒，温饱尚且困难，何谈黄金万两？那么相爱，却最终敌不过现实的捉弄。盟言虽在，锦书难托。

他觉得命运太过残酷，给了缘分的可能，却不能给彼此一个功德圆满。

又是一次科举考试，他借着这个理由离开。

他是懦弱的，他自觉再无任何理由留在她的身边，因为，他有才，却无财。他知道她不在乎，可是男人的自尊，让他选择了逃避。

他不想再耽误她的青春，不想再受别人的奚落，不想再看见她委屈自己。

他觉得，科举也许是一个机会，争取考中，待到功成名就，便可以让自己和心爱的虫虫离开这现实的地方，寻得一处世外桃源，神仙眷侣，自在逍遥。

这一去，从此相思白头，再未相见。他漂泊天涯，卒于襄阳。她肝肠寸断，孤独一生，相思终老。

记忆在光阴里敲门，一心寻找那个不完满的结局，试图提笔去修改，却不得路径。往事芬芳了谁，又摧残了谁，旧梦没来得及重温，就破碎了。不完美的爱情充满了伤感色彩，可是也让人念念不忘，成为经典。

其实，爱情，本就是这样，让人想着，然后用一辈子去忘记。

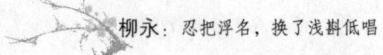

何妨携手同归去

迷仙引

才过笄年，初绾云鬟，便学歌舞。席上尊前，王孙随分相许。算等闲、酬一笑，便千金慵觑。常祗恐、容易蕣华偷换，光阴虚度。

已受君恩顾。好与花为主。万里丹霄，何妨携手同归去。永弃却、烟花伴侣。免教人见妾，朝云暮雨。

你有没有回忆过，在那些最美的年华里，你在做什么？那些回忆，是美好还是沉重？

回忆，只是不想忘记，只是想记得昔日的美好。

在《迷仙引》中，柳永描写妓女自幼学习歌舞，不过为的是应承王孙公子在"席上尊前"的千金买笑。她们内心十分痛苦，渴望有真正的幸福和爱情，一旦遇上了真心相爱的人，就希望"万里丹霄，何妨携手同归去"，再也不过那任人作践的非人生活，她们说："永弃却、烟花伴侣。免教人见妾，朝云暮雨。"永弃却，就是永远抛掉。

"爱情若要永恒，只有在最浓最深的时候离去一个。"为什么一定要离去一个？倘若不死，如胶似漆发展下去便是形影不离，结婚生子，人老珠黄，柴米油盐琐琐碎碎；或是由于种种原因，不是棒打鸳鸯就是劳燕分飞。

人世的规律就是如此，不论怎样发展下去总会有一个结局吧，那个结

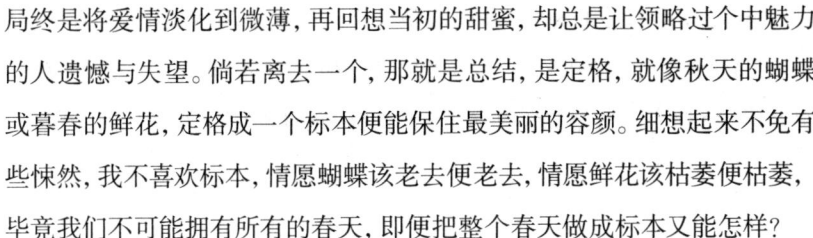

局终是将爱情淡化到微薄,再回想当初的甜蜜,却总是让领略过个中魅力的人遗憾与失望。倘若离去一个,那就是总结,是定格,就像秋天的蝴蝶或暮春的鲜花,定格成一个标本便能保住最美丽的容颜。细想起来不免有些悚然,我不喜欢标本,情愿蝴蝶该老去便老去,情愿鲜花该枯萎便枯萎,毕竟我们不可能拥有所有的春天,即便把整个春天做成标本又能怎样?

美则美矣,死去的春天。

这一首《迷仙引》,似乎总会和青春有些关联,尽管,这样的青春,是宋时的一段历史。

柳永是第一个敢于把生活在社会最底层的歌伎们的真、善、美的心灵写进词中的人,他把词境开拓到了一个全新的境界。这一首词描写的就是一位身陷污泥而心向自由、光明、高洁的不幸歌伎。她的内心,想摆脱束缚,但现实让她低头。这首词的上片从以往的无情现实落笔铺写,展现这位歌伎厌倦风尘的心理活动。下片由未来的强烈愿望发挥开去,写她对自由生活和美好爱情的渴望与追求。整首词表现了这一歌伎轻视千金而要求人们尊重和理解的独特品相。

最喜欢那句"何妨携手同归去",就像是一句寂寥的唱词,唱出了千年的爱恋和白头偕老的浪漫。

白衣卿相,长袖飘然。在历经千年的岁月里,我们看到,你留下了俊俏的身影,不可磨灭。

漫漫红尘孤欢聚。谁与你共度流年?

终化作尘土归去,永远释然了。历史的长河中,也永远留住了你的名字。

如今,那个异彩纷呈的北宋王朝,所有的繁华,已不复存在。但是,在这一千年来,他却从未被人们遗忘过,即使再过一千年也是一样,因为加入了感情的词不会老。

一滴情泪涟漪了一池清水,一支殇歌凄迷了月的妩媚,一念之差遭了一场情劫,一杯浊酒挡不住蚀骨的寂寞。

柳永醉倒在柳巷里,醉在了一生的寂寞里。

月叩窗，敲打爱的缠绵，风微微张扬你的孤独落寞。拥你入怀，长夜漫漫，一遍遍唱起忧伤的歌，不经意的偶遇，铸就一场风花雪月。爱在梦里一遍遍诉说，转身后是无奈的叹息，越走越远，情还在原处停留。

朦胧暗想如花面

御街行

　　前时小饮春庭院。悔放笙歌散。归来中夜酒醺醺,惹起旧愁无限。虽看坠楼换马,争奈不是鸳鸯伴。

　　朦胧暗想如花面。欲梦还惊断。和衣拥被不成眠,一枕万回千转。惟有画梁,新来双燕,彻曙闻长叹。

如果,我深深地爱你,你会不会像我爱你那样爱我?

如果,某一天,我悄悄地离开了你,你会不会找遍全世界只为给我一个离别的拥抱?

庭院深深,笙歌明月。那杯酒,惹起了一地的相思。爱而不得的时候,说得再多,也不如那样一个凄凉的结局。

谢玉英,是宋真宗和宋仁宗两代的杭州女子,是柳永的红颜知己,她一生的故事都和柳永息息相关。就像《还珠格格》里那经典的话:"等了一辈子,恨了一辈子,想了一辈子,怨了一辈子,可是仍然感激上苍,让她有这个可等、可恨、可想、可怨的人。"

谢玉英十四岁的时候就步入青楼,她的身材和相貌出众,歌喉婉转,唱段极佳,是青楼里最出众的女子。她的一颦一笑,都牵动着那些男子的心,一掷千金只为求得美人顾盼,而她从来都不在意,这样的冰冷,却更让男人趋之若鹜,这样的风光,一日一日。

那一年，柳永已经三十岁了，他的才气和为人，也已传遍江南。谢玉英从小就爱佳词文句，偶然间，读到了柳永的词作，一读倾心，自此，美人只歌柳永词，吴侬软语不细听。

也许，爱情这种宿命，真的是缘分使然吧，柳永因才高气傲，惹恼了仁宗，不得重用，中科举而只得个余杭县宰。他落寞地走出京城，回首望，心彷徨。这里容不下他的纵笔天涯，天下那么大，却没有一处容身之地。也罢，人生自在去，也是好时节。他只得自欺欺人地安慰着自己。

途经江州，照例流浪妓家。

那一天，天气晴暖，他在闹市中悠闲看春光，只是不经意抬头，看见了那楼头之上一张倾城的脸。那一刻，两个人的心，仿佛就是银河里的两颗星，光芒照亮了对方。一个倾城佳人，一个白衣卿相，爱情，就这样发生，没有早一步，也没有晚一步。柳永结识了谢玉英，二人相谈甚欢。他在玉英的书房中看见一册"柳七新词"，都是她用蝇头小楷抄录的。那是自己的词作，他被眼前这个女子感动了，崇拜他的人不少，可是没有一个会像眼前的这位傻姑娘，端端正正地抄录着他的才情。她对他的膜拜，高山仰止。

其实，两个人都听说过彼此的名气，但是，真正相遇的那一刻，四目相对的温柔，就注定了爱情的花火，燃烧不尽。

就像是一列火车一样，有起点，也会有终点，他和她，只是彼此的一个过客，最终，还是要面对离别。柳永要动身了，玉英的心仿佛也被揉碎了。但是，他们除了伤悲，没有其他的办法。

你在天涯，我驻海角，为你描绘一场天荒地老。莫非是前世的宿命，所以有了这让人牵肠挂肚的爱情？

突如其来潮湿了眼眶。为君歌唱，你的心却是我永远到不了的远方。

临别的那天，二人相对无言。玉英含泪饮酒，一唱三叹，把柳永的词作统统唱了一遍；他没有任何话语，因为心早已碎得不成样子，只得凄惨地笑，举起酒杯一饮而尽，感情冲动，当场信手写了一首《昼夜乐》，送给玉英留念，词为：

> 洞房记得初相遇。便只合、长相聚。何期小会幽欢,变作离情别绪。
> 况值阑珊春色暮。对满目、乱花狂絮。直恐好风光,尽随伊归去。
> 一场寂寞凭谁诉。算前言、总轻负。早知恁地难拼,悔不当时留住。
> 其奈风流端正外,更别有、系人心处。一日不思量,也攒眉千度。

玉英一读此词,心更碎了,尤其是"一场寂寞凭谁诉",这七个字正是她的心里话,她紧握柳永的手,难舍难分。

爱情的轰轰烈烈,在于倾心的幸福。因为来之不易,所以让人着迷。

江南是个妖娆的地方,这里也有着最为动人的爱情。因为,有轻柔的水波。

水多的地方感情也丰富些,可雾散梦醒,最真实是千帆过尽的沉寂。柳永的每一笔勾勒,每一抹痕迹,似乎都记载着跨越千年万载的思念,缘聚缘散,只为一句,等待下一生的相逢。也许是前世的姻,也许是来生的缘,错在今生相见,徒增一段无果的恩怨,我终生等候,换不来你今生刹那的凝眸。也许这是世界上最让人心忧的事情。

就像张小娴说的:"我最害怕的事,是我最终没有嫁给你。"

我总觉得爱情,就应该与水为生,白娘子与许仙、莺莺与张生……那些爱情,都在多情的江南。才子佳人,书生美人。一段又一段的爱情,就像是碧波荡漾着心头的情愫,暗生着一生盟誓的水草。不管结局如何,只求真心爱过。他便是如此,一边爱着,一边孤独着。

杨柳岸边,才子词人,一袭白衣胜雪,自是白衣卿相,那个年代一定是一个帅哥吧!他,轻吟"朦胧暗想如花面",婉转地诉着心绪。方知,男儿原来也可以如水般婉转。谁说柔情似水是女人的专利,这个男人不也是柔情似水吗?

他,两袖豪情,一腔热血,亦风流、潇洒、放荡,爱偎红倚翠。

"人面桃花,未知何处,但掩朱扉悄悄。尽日伫立无言,赢得凄凉怀抱。"

多情的你,不在意国家,只在意烟花巷陌的情。好个"忍把浮名,换了浅斟低唱"。其实江山社稷、官场都是浮云,温莎公爵不也是为了美人放弃了一切吗?爱一个人哪里有那么多道理可讲,我们都觉得戴安娜漂亮、高贵,可是查尔斯还不是对卡米拉情深一片?

浪子词人,天涯行客,风亭月榭,淡望楚峡云归,高阳人散。"好去浅斟低唱,何要浮名?"从此,你扛着"奉旨填词柳三变"的招牌,浪迹江湖。

你与任何一个女子的邂逅都只是浮光掠影,没有人可以驻足在你的生命中。爱,是他生命中的一簇簇烟花,装点那寂寞而繁华的一生。爱过之后,绚烂便走向了沉寂。

相爱过的两个人,他们曾相伴幸福地走过很长很长的一段路,幸福得足以有勇气冲破世俗,摆脱命运,可是待他们再相遇时终会懂得,懂得什么叫事过境迁,什么叫物是人非。

终于,人生转了一大圈,一切又回到了起点。其实,爱过足矣,莫问来去。

第二章 此情不关风与月

有个人相忆

白衣卿相。

舌轻转,眉微蹙,心中便已为自己勾勒出个模样,寥寥几笔,如写意的水墨——乌黑,却留有大笔余白,其间有个少年,背影孑然,薄衣单衫,眉目间极尽忧愁和哀凉,掩不去,氤氲不开,随着时光,隐没成了历史。

我以为他,便该是如是的模样,柳永,便该是如是的少年,如是的凄冷,亦是如是的令人念念不忘。

初春的好时光,空气里还浮动着晨光的疏影,温柔且湿润地流动着。白衣的少年孤身穿过层层的薄雾,沿着长长的堤岸悄然行走。

一只春燕掠过横塘,惊起潋滟波光,少年倒映在水面的身影,亦是摇摇欲坠。他眉间含着一缕轻愁,眼眸里是淡淡的哀伤,仿佛这个时空,没人比他更孤独。

忽然间,有清越的歌声从不远的地方传来,她唱道:"莲花乱脸色,荷叶杂衣香。因持荐君子,愿袭芙蓉裳。"少年的眼眸霍然间一亮,轻漾起一抹浅笑,好似那歌声便是他的魂魄,寻寻觅觅,辗辗转转,此刻终于神魂合一。

华丽的画舫迎着晨曦徐徐而来,层层叠叠的荷叶宛如绿色的水波,不经意间便成了装点这画舫的底色。少年远远望去,只能瞧见船头上隐隐约约的一个红影,婀娜娇美。他心中一喜,旋即一黯——便是见着了,又能如何呢?可想,可见,却不可得,再惦记也是徒劳。

红儿……原来你我,终究是无缘。

我本以为你是盈盈红粉一佳人,我是奉旨填词一书生,是天作之合,不承想,便要缘尽今日了……也好,吏部侍郎李大人为官尚算清正,为人也不太古板,何况家中富有,应是不愁衣食。听说他家里的嫡妻温良厚道,定会与你相安无事,你能有这样好的结局,最好不过……

不一会儿,画舫已停在自己面前,有人高声问道:"站在下边的是哪位先生?"少年望着船头敛了笑意的红衣姑娘,半句话也说不出来。很快有人娇声回答:"那是奉旨填词的柳家相公呢,大人不妨请他上来游玩游玩。"

似乎那位李大人听了很感兴趣,很快走上船头冲着少年拱手道:"原来这位便是名扬天下的柳先生,久仰久仰,还请先生上船小酌,我近日新得了个佳人,虽仅有几分姿色,歌喉却是一大妙处,先生定会尽兴而归。"

与这些权贵名流往来,素来为他所憎恶——少年抬眸,正对上红儿隐忍凄凉的目光,半露而不敢露的几分企望,他心下酸涩,举步踏上画舫。便是此后再无相见之日,好歹今日,也能留个念想儿,不枉从今往后,一处相思,两处凉。

想来这世上最痛苦的事情并非死别,却是生离。明知道彼此相爱,两人如断了的藕还连着丝,打断了的骨头还连着筋,可除了目送对方渐行渐远之外,更无计可施!

你的生命中始终不会留下任何一个人的痕迹。

漫漫红尘,谁与你共进?

也许,你的生命中只会有过客,而不会有任何人的淡影。风尘中的人来了又去,却没有一个人能让你铭记。

人都有七情六欲,柳永自是概莫能外。人都是慢慢长大的,柳永也是一岁一年。人都是三十而立,柳永也不是空待三十。

柳永也一定是童年无邪,少年天真,青年率直。

柳永少年时对词的青睐伴其一生,使其盛享文名。

有一次柳永见父亲凝神默诵，泪流满面，就轻声细语地问父亲，这句有长短、似诗非诗、平仄无律、比诗顺口的究竟是什么。

难得笑上眉梢的父亲给懂事而又细心的儿子讲了词。第一次接触词的柳永因为父亲的眼泪、真情与忧郁，将词记在心里，这一记就是一生的付出。

眼睛是心灵的窗户，眼泪是心血的凝结。波澜壮阔的词的激流，发源于一双无助的眼睛，启航在一颗稚嫩的心，最初的浅溪却都是哀怨的眼泪，千回百转，晶莹剔透。从此后，他挥笔点墨，却染了一生凄凉。

皇帝的一句"好去浅斟低唱，何要浮名？"便武断了柳永的一生，那位素称白衣卿相的风流才子却在市井都邑里找到了更广阔的天地。

但在当时，不能为官报国，却让柳永极端萧索郁闷，纵情于青楼，放荡于红尘，并非是他的本意。他无法在政治上施展才华，便在词的世界里恣意畅情，这个"情"字，成了他词的灵魂和主宰，也成了萦绕他一生的东西。我们中国的文人，失意的十之八九，于是我常常想，若是他们一生顺遂，历史会不会少了很多色彩？

于是，我极感谢那位仁宗，换个角度看，他成就了柳永的词，也成就了柳永风花雪月、情心柔骨的人生。

终于，你闭眼释然了。你的那袭白衣上，是否还承载着许多泪水？想来，心中必是寂寥。

你也有无奈吧，毕竟和心爱的人分离也是一件痛苦的事情，何况你曾对她付出过疼惜和真爱。每一次分开都是一次生离，那痛苦超过了死别。就这样，我们在一个十字路口，又走上两条不同的路，谁也不知道我们会不会再相遇，也不会知道各自将会再遇到什么人什么事，听到什么样的故事，看到什么样的别离。

孤独者，应是神明，否则你不会不染尘世地离去，只留给人们仰视和憧憬。

死亡，可以让你获得毕生所追求寻觅的安谧宁静，这应该算是一场长眠，一种解脱释然吧。

千百年来，你从未被人遗忘。你的词，被一代又一代的人熟读传诵，可是又有谁，能真正地读懂你？当富贵和美丽都消逝以后，这是我对你唯一的记忆。柳七，我还记得你。

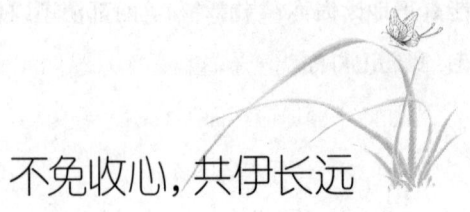

不免收心,共伊长远

秋夜月

　　当初聚散。便唤作、无由再逢伊面。近日来、不期而会重欢宴。向尊前、闲暇里,敛著眉儿长叹。惹起旧愁无限。

　　盈盈泪眼。漫向我耳边,作万般幽怨。奈你自家心下,有事难见。待信真个,恁别无萦绊。不免收心,共伊长远。

　　如有这样一个女子,愿意放弃一切随你去天涯海角,不论富贵和贫贱,都甘之如饴,那么请珍惜,请不要让她变成元稹的莺莺,历经岁月沧桑,望着一点寒薄的旧情,凄然叹道——满目山河空念远,落花风雨更伤春,不如怜取眼前人;也请不要伤害她辜负她,若失去这么美好的一个女子,待到白头,便不会有这样一个真心实意的人与你偕老。

　　爱,是一场回不去的旅行。他,遇见爱,却从不停留。

　　他用一生,在爱与痛中穿梭游走,这是他的人生他的命。这一曲《秋夜月》,凉透了柳永的半个人生。

　　柳永在仕途失意之后,由追求功名转而厌倦官场,他沉溺于旖旎繁华的都市生活,终日冶游,过着偎红倚翠的生活,如飞蛾扑火;又如子规啼血终宵唱,不唱到死不止休。如此一来蹉跎半生,在那烟花柳巷里自顾自地灿烂着。

　　柳永晚年虽任过一些小官,却难有作为。出入于歌楼妓院,漂泊于风尘中，寄情于填词吟唱，成了他人生的主旋律。也许他本来就是这样的人，所以才有这样的际遇。也或许，这就是他的命。历史不缺伟人，却需要有这样一个多情又放肆的人出现，需要有这样一个才纵四海的人来丰盈一下这大宋王朝。柳永，就如此华丽地应运而生了。

可不得不说，柳永确实有太多的才情。当年，游艳夜场，轻弹琵琶，他与一位歌伎不期而遇，台上的歌伎对他眼波流转，颔首低眉，轻抚红袖便倾心相许。可最终由于柳永的负情断了联络。

故事却没有完，在他失意时，同样在一次宴会里，他又一次邂逅了她。

此时的柳永，"当初聚散。便唤作、无由再逢伊面"。在他心里，已经认定无法与她再续前缘。缘来，纵有万种决心，亦难抵挡；缘散，纵有万般挽留，终不过是竹篮打水。但是柳永终究狠不下心来，做到这样的决绝，当看到席上那张强颜欢笑的脸，不时皱眉长叹，那楚楚动人的神态勾起了他对旧日恩爱的缕缕情思。只见她双眼泪盈，不顾约束，对着他的耳边倾吐种种肺腑之言："七郎，自从你走后，奴家始终唱着你谱写的词，每唱一次，七郎便清晰一次。"柳永也是个真性情的人，"待信真个，恁别无萦绊。不免收心，共伊长远"。然而始终柳永不是哪一个人可以终守的，他，属于他的词，属于柳巷，属于那孤寞的烟花，或许是他承受不住生活的重负。

为什么都走到了身边，万丈的红尘却看不到彼此的交集。看似黯然抽身，却始终在途中。空城寥落。一段情，一段梦，似幻似真，分不清，辨不明。莫怪他无情，只因，他是柳永。

心中浮出几句词，"无情未敢怨君薄，本是流萍，只怪相逢"。

爱，是一场甜蜜的痛，尝尽甘甜，却不忍承受失去的痛，于是，万千痴情人，便以刻骨铭心的方式，留住曾经的美好，殊不知要承受的，是更无边无际的爱。都说戏子无情，但这个歌伎却用情至深。她愿白头，守着这个多情的人儿，可他，宁愿辜负，也不愿给她一份虚假的幸福。他自知，他不属于任何人。爱情之于他，不过是一场装点寂寞的花事，花谢了，他便要拂尘而去，赶着另一场繁花盛宴。莫怪七郎无情，只不过，他过于寂寞。他懂得柳巷痴女的心，却始终无人能及他那片寂寂心海。

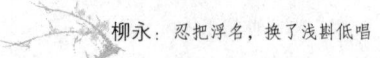

亘古的孤独，就连痴情也化不开。

柳永是个随性男儿，他迷恋的，只是最初的美好。

一切，若如初见，该有多好！轻轻一叹，心都荒凉了。她想白头，他却只要初见。这场旅程，他定是陪不完了。无可怨，无可说。或许，都是命吧。因为感情没在同一条起跑线上。

说好一起看每个春秋冬夏，怎奈人生要经历风吹雨打，任时光匆匆溜走洗去哀愁，却还是不能让他停留。最后，他还是走了。夜半，他轻轻抽手。轻得让人难以承受。

她，只能轻轻放手，静静泪流，守着过去的回忆。就像雷峰塔下的白素贞，无可奈何是那场爱情的最终结果。

生命始终是一场过往，无法控制，步履匆匆。那些曾经阴错阳差同路相伴，携手相行，并发誓死生契阔、与子偕老的人，走着走着，却也都形同陌路。到底，生命中的那个人，什么时候换了，什么时候丢了？

总会有人去追问，当初又为什么要分开？时过境迁，怕是只会毁了最初的美好。何必！

事物的起终，无外乎缘分。

何为缘，何为分？只是一场相逢。莫问前缘，莫问后事，只要静静守着便好。这便是最好的珍惜。

很多以为唾手可得的东西，其实在以后的岁月里，就再也碰不到，也无迹可寻。

且行且珍惜。这便是柳永。他能给的，只是陪着她演绎这一次华丽的邂逅。浮华的戏台，才子佳人，如花美眷，飘逸着戏魂，亘古不变，从一而终。一片天地，缠绵动作会看得心中欢喜，一点一滴都不曾忘怀，扬眉淡笑都无尽回味。一生，痴心一片赴黄泉，美梦都是一场戏。

怜取眼前人，或许才是最大的珍惜。

柳永是个决绝的人，他注定了为他的词而耗尽一生的心绪。他为此体会人世悲情冷暖，用灵魂浇灌他鲜活的词。戏终散场，他便收情，收拢得干干净净。只在嘴角叼一片记忆叶子，潇潇洒洒地继续走场。如此，甚好。聚散,皆是缘。合离,皆是福。

恍然懂得,有些爱,只能经过,不能停留。

未有相怜计

婆罗门令

昨宵里、恁和衣睡。今宵里、又恁和衣睡。小饮归来,初更过、醺醺醉。中夜后、何事还惊起。霜天冷,风细细。触疏窗、闪闪灯摇曳。 空床展转重追想,云雨梦、任攲枕难继。寸心万绪,咫尺千里。好景良天,彼此空有相怜意。未有相怜计。

游子的悲,不仅在于肉体的漂泊,更有精神的无所依托。手攥着灵魂,眼神像塞尚的苹果那样冷。所有的渴望都在远方,陪伴自己的,只有凉月孤枕。

从"昨宵"到"今宵",每个夜晚的底色都是清冷寂寞,一个人的夜晚有多难过,天上的点点繁星都是故人的眼睛。唯有那短暂的一梦,带着和煦的温情。可是惊醒时,悲苦却又加深了多倍。凉风习习,几乎要把意志落叶一般卷走。当"寸心"遇见"万绪","咫尺"邂逅"千里",真是说不出的惆怅滋味。

"好景良天,彼此空有相怜意。未有相怜计。"这一句道出了"有意"和"无计"的无奈。沉甸甸的情感,捧不住,又无处安放。

一直很羡慕这样的勇气。

红拂女的夜奔李靖,莺莺的夜会张生,我一直在想,在古代封建礼教那么森严的情况下,一个弱女子想要追寻自己的幸福是多么艰难的事情。

第二章 此情不关风与月

《京华烟云》里姚莫愁对姚木兰说:"姐姐,自古红颜多薄命,我却觉得红颜未必都是薄命的,薄命的大多还是聪明极了的女子,那些聪明的女子当真往往是极不好的。"红颜总跟祸水或是薄命这样的词连成一体,似乎都不怎么样。如果让你选,你喜欢当一个倾城倾国的红颜,短命却轰轰烈烈,还是当一个安静柔和的平凡女子,悄然度过一生呢?红颜们往往都希望自己能归隐山林,平凡终老,而平凡的女子们却往往羡慕她们的热烈轰动,像是一场场盛大的烟火,极尽绚丽,极尽璀璨,虽然比流星还短暂,却拥有一世的芳华。

似乎历史上总是不能有这样两全的女子,莺莺自由恋爱跟了张生,却得了个始乱终弃的结局;杨玉环跟唐玄宗的一段畸恋,毁了盛世,乱了天下;冲冠一怒为红颜中的女主角陈圆圆,哪怕当初那人愿意为了她而倾尽天下,到头来依旧是青灯古佛孤寂一生。

于是我想,其实追随柳永而去的谢玉英,是怎样的勇敢,比起前人和后人,又是怎样的幸运,至少在我眼里,她已经十分幸运了。

当年她的柳郎相别而去,写下一曲泣千古的《雨霖铃》,她填下一曲《忆秦娥》,凄凄切切,有如寒蝉。

柳郎,柳郎。睡梦中念着那个名字,醒来才发现早已泪湿罗袖。如此怎堪忍受?

于是毅然收拾行装,一路打听,一路追寻,待到晓得他身在东京之时,已经是三年后。初见时及笄之年的少女,今日已蜕变成成熟的少妇,荆钗布裙,不施粉黛。她忽然觉得害怕,原先从书上读到过的那句"近乡情怯",之前从不晓得真意,如今方懂得这份惶恐。她也只是个柔弱的女子,害怕时光流逝,害怕朱颜辞镜花辞树,更害怕如今她的情郎已经不认得她。都说男儿心易变,她虽然不曾疑他,可怎又止得住心中不断泛开的惶恐不安。

她推开门,残旧的木门,微微一声吱呀——有人穿着白衣长衫,眉目温和,习惯性地回头,眼角眉梢有不定的惊疑,尘埃落定后,是难以置信的欢喜。

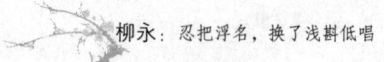

"英英……"他无声低唤。

刹那,她泪如雨下。

像从前在江州的那三年一般,他们有了一段极快活的日子。此时他们已拜了天地,无媒无聘,无高堂无华服。东京最负盛名的李师师便住在他们家隔壁,于是请了她来。天地为媒,日月为证,从此携手相依,再不分离。

他欢喜得提笔便写:

尤红殢翠。近日来、陡把狂心牵系。罗绮丛中,笙歌筵上,有个人人可意。解严妆巧笑,取次言谈成娇媚。知几度、密约秦楼尽醉。仍携手,眷恋香衾绣被。　情渐美。算好把、夕雨朝云相继。便是仙禁春深,御炉香袅,临轩亲试。对天颜咫尺,定然魁甲登高第。待恁时、等著回来贺喜。好生地。剩与我儿利市。

——《长寿乐》

这份情,令她在今后的生活里,即使孤独寂寞,也不会患得患失、忧伤害怕。这是她细心收藏、妥善保管在内心最深处的一颗糖,最痛的时候,便拿出来瞧一瞧,尝一尝。这余温,可以温暖她的余生。

也包括最后他的狠心离去,生死阴阳,相隔万里。可是那又怎样,她早就做了决定,等他落葬定棺,她也会随他而去,就像之前她追寻着他,远度千山万水。如今,她亦要与他生死相依,这肮脏的尘世,她再无可留恋的东西。

"我的心灵和我的一切,我都愿你拿去,只求你给我留下一双眼睛,让我能够看到你。"玉英的坚贞超越了无数家世清白的俗世女子,这个出身风尘的女人,却保留着心灵的纯白。她的爱情像是琥珀,在最美好的时刻,忽然凝结,保持了鲜活,也因而得到了永恒。

自怜是让人上瘾的麻醉剂,但不是生活该有的健康状态。相比柳永的"未有相怜计",这女子的果决倒是让人真心敬仰。她带着强大的磁场,循着岁月的呼吸,感动着听到故事的每一个人。或许,在时间面前,在世事无常面前,人人都是微若尘埃,恍如流星的小人物,可是对于个体的几十载人生而言,又没有什么比自己更真实。要追的梦,决定了我们今生的旅程。所以,为心中渴望所迈出的那只脚,如此神圣而荣耀。

追随所爱,有时需要行走在铁索上,艰难、小心,还要压抑住飞奔过去的冲动。坚定的人,无论条件多苦,也揉不碎梦想。回忆时,往事丰收了,征程上的苦却是甜。反倒是懦弱的人,只触到了世界最表层的空气,尝尽了刻骨遗憾,封锁了人生的更多可能性。

不可否认,在现实的强烈冲击下,夭折的爱情和蜷缩的梦想并不鲜见,每天都有希望变成绝望。但人生的真正滋味,其实多来自"追"的过程,如果是逆流,则更有张力。人生在世,用最真实的状态活,善待手指缝间潺潺流过的时间,最后,可以坦然地对头顶无限大的宇宙说一声"我尽过力了",应该是最完满的结局吧。

不肯破茧的蛹,只能死在蝶影纷飞的美丽梦境里。要知道,没有任何悔过可以得到时光的垂怜,让它重新来过。

短短浮生,绽放美丽最重要,即使不是在最高的那个枝头上。

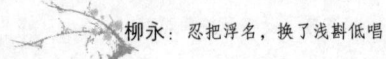

翻成云雨离拆

法曲献仙音

追想秦楼心事，当年便约，于飞比翼。每恨临歧处，正携手、翻成云雨离拆。念倚玉偎香，前事顿轻掷。

惯怜惜。饶心性，镇厌厌多病，柳腰花态娇无力。早是乍清减，别后忍教愁寂。记取盟言，少孜煎、剩好将息。遇佳景、临风对月，事须时恁相忆。

多少温柔美丽的女子，出阁前在佛前燃了香，只偷偷许愿——但愿我的相公只钟情于我，两人白头偕老，只羡鸳鸯不羡仙。愿望自然是美好得仿佛一首诗，只是夙愿得偿的实在是少，少得像是雨夜里的星辰，扳着指头也数得完。

愿觅得一处净土，门前桃树三两棵，远离凡世之喧嚣，淡漠人情之争端，闲适安然，静默一人。晨时嗅着花香悠然摘种，晚时伴着星星入睡，清浅旋律伴着花香盈盈入耳。然而，最美的，还是有你在身边。为什么爱情总是在初见的一刹那产生？郭襄对杨过如此，段誉对王语嫣如此，竟然连笨笨的郭靖也是对黄蓉一见倾心，所以爱情不需要那么多的时间累积，它需要的是那种彼此吸引的味道。

愿与你相遇之程若此。初识，独立桥头，月光迷离，繁星似锦，惊艳，蓦然回首，却终是消逝，于是寻觅中再遇林间。在莫失莫忘的清浅旋律中，我为你舞，你为我歌。初晓淡澈，橘色中你我迷离双眼，终是一别，从此再

此图于夏季山野风景中穿插村落,展现隐居的生活。立幅正中是峥嵘巍峨的巨峰,山势奇险,在烟霭中浮现,其下为两山夹峙的峡谷,下部平坦处建有山庄及亭阁,山麓浅沙平岸有渔船停泊,山水中点缀乘轿的士大夫及朴野的渔夫、山民。虽寥寥数笔,但人物神情动态跃然于绢素。此画虽无款识,但似卷云状的山石和劲健的笔墨正是郭熙的本色。画中山峦林木郁郁葱葱,展现的是"夏山苍翠而如滴"的风貌

◀《山村图》[北宋]郭熙 绢本 淡设色 纵109.8厘米 横54.2厘米 南京大学藏

《幽谷图》［北宋］郭熙 绢本 墨笔 纵167.7厘米 横53.6厘米 上海博物馆藏

本图构图创意颇为别致，在狭长的立幅上布满险峻的山石，岩间生有寒树数株，石罅中又泻出清泉一股，画家以淡墨画山，以浓墨写树，境界清幽，颇有笔简气壮、景少意长之妙。但就景物布置而论，此图又似是通景大屏中的一部分，原画已难窥全貌，此一推测很难确定是否成立。此画为北宋秘府收藏，著录于《宣和画谱》，画幅上钤有『宣和宝殿』等印。此画虽无作者名款，但流传有序，历代皆定为郭熙之力作，应属郭熙传世绘画中的精品。

无相见，却独留记忆于心间，我想，这或许便是缘吧。无诸多纷扰与纠缠，浅浅淡淡间，似知己，又若爱侣。

如此美好女子，定是绮丽无比。性情真实自然，灵气浑然天成。气质与众不同，纯粹剔透而不索然无味，敏感丰富而不复杂世故。

可是，短暂相聚的才是好景。再美好的女子，遇到爱情，眉眼里也会多了忧伤。柳永的笔端，总是会触碰到这些痴情人心底痛的地方。

"翻成云雨离拆"，别离多是无奈。比翼双飞的约定，如今却成了美丽的前尘往事。

分别后，离愁氤氲，如一场欲来的风雨，装满了心房，怎是那想忍就能忍得了的。他的词，是她们的心。一语，万千心事皆倾，万千思念皆诉。其实宋词和我们如今的流行歌曲一样，都有寄托情思的功能。有些心事，无法言说，就只好寄托在词里。借着他人的口，一层层剥落自己的心事。他的词，正是应时应景地浸润了寂寞的闺中人。你是不是也有那样一种感觉，这首歌是为你所写，你就是歌里的主人公，和她一起爱，一起伤。

柳七的词，仿佛是一幅幅美人画卷，这《法曲献仙音》中的人儿本是如水如烟的女子，在不经意间，为了情郎恋上轻愁，染上轻忧，那是从心底蔓延出的温婉和惆怅，在诉不尽的过往、望不穿的流年里，在萋萋芳草之间，在沉香花蕊之中，把心放在他的眉眼间，一伫千年，美丽地等待。

可是，她怕，怕花开了又谢，雪积了又融，怕果子熟了又坠落，怕蝉鸣起了又噤声。其实，她心中害怕的，是始终等不到那个人。

忧伤的旋律，牵扯苦苦思绪。心底涟漪，无从诉说。低眉间，记忆的片段争先涌现。夕阳尚有辉煌的时候，心中冉冉萌生的竟只有无尽的凄凉。心死了，灵魂也死了，没有人知道它们是怎么死的。活着，宛然黯淡的尘埃。那些最重要的，会不会变成我手中的长篙？柳七的灵魂在哪里呢？

人生真的是一个谜，谜底就是自我。他的心碎如满天的星辰。那么多的未来，眨着不寐的眼睛。多愁多恨亦悠悠，漏船回首楼外楼。

于是柳七便这样写道——

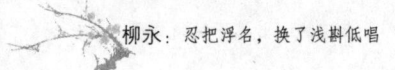

> 煦色韶光明媚。轻霭低笼芳树。池塘浅蘸烟芜,帘幕闲垂风絮。春困厌厌,抛掷斗草工夫,冷落踏青心绪,终日扃朱户。 远恨绵绵,淑景迟迟难度。年少傅粉,依前醉眠何处。深院无人,黄昏乍拆秋千,空锁满庭花雨。

——《斗百花》

柳七的词向来浅显易懂,比起白乐天的诗的平易近人也是有过之无不及的。这阕《斗百花》,词牌名当真是繁花似锦。

这阕词里没有柳七以往的风花雪月,也没有往常的市井都邑,只有一缕哀怨的小女儿情怀——韶华的年纪,嫁了个不懂风情的郎君,这可真是莲子心中苦,却有苦说不出。

柳七常年混迹于烟花柳巷,早早地便将这人间情爱看得极透。一声惆怅对谁吟,忆旧情何以堪,觥筹交错,悲凄缠绵,凄美如歌的行板。他的词像一个极致的温婉女子,浅吟低唱,似水柔情。杏花烟雨江南,每一次的邂逅都代表着一个美丽的故事,像小溪一样涓涓流长,分了手的爱情,却又像决了堤的洪水,一发而不可收拾。柳七是经历丰富的人,所以小桥流水、大江大浪他都经历过。

前尘后事,因果情缘,最终也不过是抿嘴一笑,相忘于江湖的豁达吧。迷情仙境,带着些许忧伤,在一片细雨迷离中挥手作别,纵使已然看淡,但心间还是会残留些许情愫。日后时常忆起,也只能是独自低叹沉吟吧。深思,若无前尘因,哪得后事果?其实,柳七是幸运的,因为他遇到的女子都是宋朝的歌姬,她们有才情又貌美,虽不是良家妇女每日操心家里事务,可是却能歌善舞,蛾眉婉转,胸有文墨。他轻声低吟着忧伤的词,他悉心地揣度着她们的心思,赠予世间诸多痴情男女,于此间,诸多爱恋太过浮华,亦无长久时。若缘真能天定,那或许便不会如此这般昙花一现,让人叹息了吧。

柳七虽常与烟花女子调笑言情,真正用情之处却着实不多,而那些历经风雨的女子,自是将这种最为虚无缥缈的感情看淡了去。都是这乱世红尘中一样寂寞的人，溢满了孤单的哀怨，那绽放的灼灼欢颜，瞬间枯萎成一种最后的感动，清晰了年轮的弧线。其实柳七在那时就拥有一群执着的"粉丝"。

忧伤，纠结成痛苦的缠绵，那回眸浅笑的情愫，恍如落叶般碎了一地，沉沦在流年忧郁难遣。轻点红尘，一溪墨色的凄凉跃然心间。心梦无痕。恍然间，彼岸花开，血色花蕊，引渡着迷惘的游魂。花丛间，彩蝶翩翩飞舞，淡蓝色的翅膀晕染七色光圈。我知道，今生，你一定有一支蝴蝶发簪，因为，多年以前，我已破茧成蝶，飞往等候的幸福彼岸。京城的歌女对柳永的喜爱实在是无以复加的。"不愿穿绫罗，愿依柳七哥；不愿君王召，愿得柳七叫；不愿千黄金，愿中柳七心；不愿神仙见，愿识柳七面。"从这首流传于青楼歌坊的打油诗中可见一斑。世态炎凉，人情淡薄，怀才不遇，命运多蹇。同是天涯沦落人，相逢何必曾相识。柳永面对市井杂巷、勾栏瓦肆，识其疾苦，哀其不幸，慰其欢情，多了一份同情、尊重与欣赏。柳永穷困潦倒，断难千金买笑，只有快意的人生和满腹的才华可供挥洒。从某种意义上讲，柳永供养着歌女，歌女也奉养着柳永。

这般红尘似沧海一粟般渺小，轻若浮尘，飘如蒲英。而诸多争扰，诸多嗔念，仅存于你我心间，似是无端无由一般，变得不再有意义，如若这般，便让它们都随风吧。

他声声轻叹，倾幽思，透过氤氲的薄雾，穿于天籁，犹如袅绕的曲韵娓娓动听，一曲遥遥凭谁诉，佳期如梦杳。蓦然回首，有美丽的留守，也有华丽的转身，往事缥缈如烟，再忆，亦是物是人非，一切都因沉淀而归于恬淡。

在柳永的心目中，歌女并不是轻浮浅薄的女子，为这些学识与主见俱佳、品格与志趣高雅、向往与憧憬美好的女子寄情与疾呼，正是良心发现与为善之举，多的是情与爱，少的是肉与欲。且让我们跟随柳词中古韵流转的风情，揉一抹华丽的轻愁，凝结点点梨花泪痕，默枕一世沉香。

为伊消得人憔悴

凤栖梧

伫倚危楼风细细。望极春愁,黯黯生天际。草色烟光残照里。无言谁会凭阑意。

拟把疏狂图一醉。对酒当歌,强乐还无味。衣带渐宽终不悔。为伊消得人憔悴。

"衣带渐宽终不悔。为伊消得人憔悴。"是忧伤到骨子里的词,词中表现作者爱的艰辛和爱的无悔。但若把"伊"理解为词人所追求的理想和毕生从事的事业,亦无不可。

这首《凤栖梧》是一首怀人词,把漂泊异乡的落魄感受,同怀恋意中人的缠绵情思结合起来。上片写登高望远,离愁油然而生。"伫倚危楼风细细","危楼",暗示他立足既高,游目必远;"伫倚",则见主人公凭栏之久与怀想之深。但始料未及,"伫倚"的结果却是"望极春愁,黯黯生天际","春愁",即怀远盼归之离愁。不说"春愁"潜滋暗长于心田,反说它从遥远的天际生出,一方面是力避庸常,试图化无形为有形,变抽象为具体,增加画面的视觉性与流动感;另一方面也是因为其"春愁"是由天际景物所触发。接着,"草色烟光"句便展现主人公望断天涯时所见之景。而"无言谁会"句既是独自凭栏、希望成空的感喟,也是不见伊人、心曲难诉的慨叹;"无言"二字,若有万千思绪。

第二章 此情不关风与月

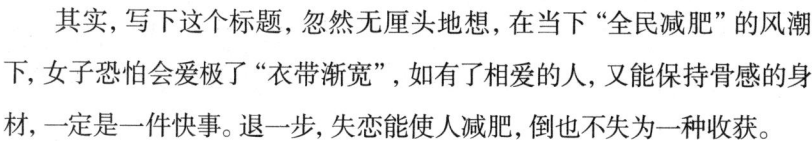

其实，写下这个标题，忽然无厘头地想，在当下"全民减肥"的风潮下，女子恐怕会爱极了"衣带渐宽"，如有了相爱的人，又能保持骨感的身材，一定是一件快事。退一步，失恋能使人减肥，倒也不失为一种收获。

好吧，这样说有些亵渎了爱情，我忏悔。

体验过那遥遥相望，不能聚首的残酷的人才知道，"为伊消得人憔悴"是怎样凄凉的光景。

当天彻底黑透之后，心里的苦结成黑色的痂，往事纷纷降落，变成影子，孤单的人握住自己的双手，安静地伫立在月光下，只见弯弯的月亮用半只眼睛旁观。他叹着气，重温失落了的岁月，让昨天与今天重叠起来，水面满是点点闪烁的星光，像是哀伤的泪珠，晶莹剔透，却透着凉意。

相思，是离别时忧伤的汽笛，是初见时阳光下你脸上的细细绒毛，是为彼此起过的甜蜜昵称，是梦与现实的交织，也是残破的信纸、尘封的老歌旋律、只出现在青春岁月里的表情。总之，曾经沧海难为水。

词与歌相伴而生，文人与歌女依赖而存。没有词，就没有歌；没有文人，歌女将口不能张，失声于色；而没有歌女，词也无法落地生根，开花结果。弹泪唱曲的歌女是宋词走向辉煌的另一支力量。正是如此，柳永与歌女们有着水乳交融般的依恋与交往。过去的一点一滴，都成了无可取代的绝版青春，永存心底。不眠的夜晚，回忆躺在枕边，喘着粗气，过往的片段，弥漫在每一个意识的空隙里。

柳七这首词写得实在是销魂，是的，销魂。在他众多的词里，我还没发觉哪首词比这首《凤栖梧》，更令人黯然销魂。就好像是杨过的黯然销魂掌，等闲是使不出来的，若非实在心到阑珊处，心灰意冷，觉得生无可恋，是无法悟出这精髓的。

文字之间的差别，细微而奇妙，九十九度，再加上一度，水就开了。关键的，往往就是那神奇的一度。柳永的这首词，分寸就掌握得刚刚好。读罢觉得，这个用文字记录生活的人是痛苦的，不断反思，不断无助与恐惧，最终掏出最温热的感情、最纯粹的观念。

李清照曾用一句"人比黄花瘦"传达了相思之苦，将抽象的情感用具象体现出来。而柳永，则用"衣带渐宽终不悔。为伊消得人憔悴"做了同样的阐释，为情所困，七尺男儿也难免被折磨得形体消瘦，衣衫变得松松大大，人也憔悴了起来。

时空在某处静止，该遗忘还是该纪念，无从选择。这是爱情的恩赐，也是爱情的惩罚。柳永毫不掩饰自己的感情，口无遮拦地唱出了自己的心声。

堂堂正正，坦坦荡荡，甜甜蜜蜜，绵绵切切，难得的真情，难得的传奇。如果说这就是柳永的沉沦，那么，这种沉沦太美了，太精彩了，足使天下那些在权势和金钱的床单上进行的男欢女爱黯然失色。

整首《凤栖梧》都采用了一种叫作"曲径通幽"的手法，这个词原本来自常建的《题破山寺后禅院》中的"曲径通幽处，禅房花木深"，这本身就是山水田园诗中的名句，不知不觉中便带有一种幽婉的味道。于是这首《凤栖梧》亦是令人觉得幽怨如缕、凄切如诉，漂泊在异乡他地落魄不羁的浪子，满身风霜，风尘仆仆，仿佛是居无定所的浮萍，漂泊在何地便在何地歇一歇脚，却永远不能落地生根。

就是在这个时候，想起了远在千里之外的意中人。写的虽然是春愁，可是愁的岂止是这衰落凄凉的春日，还有那无法言说，无法亲自倾诉的哀思啊。这满怀的愁绪，犹如牛毛般的织雨，密密麻麻，不可遏止。

景致随心境而变得凄凉，正所谓"芭蕉叶上无愁雨，自是多情听断肠"。

可即使能借酒消愁，也觉得徒然无滋味。别说酒能消愁，便是可以消尽万丈愁意，也不愿令这份愁思消退而去，因为这是那个人在心中始终存在的凭证啊！"山无陵，天地合，乃敢与君绝。"如此的决绝和倔强。

我却愿为了你，即使形容憔悴，即使瘦骨嶙峋，即使旧衣宽松，也决不会觉得后悔。情到深处，便是痴人，可望尽天下，这样的痴人，却是沧海遗珠。

王国维在《人间词话》中谈到"古今之成大事业、大学问者，罔不经过三种之境界"，第一个境界是"昨夜西风凋碧树，独上高楼，望尽天涯路"，第三个境界是"众里寻他千百度，蓦然回首，那人却在，灯火阑珊处"。而被他借用来形容第二个境界的便是"衣带渐宽终不悔，为伊消得人憔悴"。世

第二章 此情不关风与月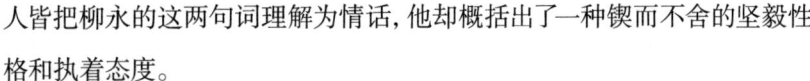

人皆把柳永的这两句词理解为情话,他却概括出了一种锲而不舍的坚毅性格和执着态度。

境界虽得到了肯定,可王国维却并不欣赏柳永。

王国维说纳兰容若是千古伤心人,对其评价极高,然而对柳永的评价却极低,甚至认为"衣带渐宽终不悔"这一千古名句亦不是柳永亲作,而是欧阳修的词句。可见在他心目中,一直认为柳永写的词不过是艳科小道,不论流传面多么广,始终都登不得大雅之堂。好比现在的流行歌曲跟民族音乐,即使流行音乐传唱度极广,却始终被排除在主旋律之外,顶多只能算是非主流。

我倒是觉得,词作和音乐一样,没有境界之隔,只有真情和假意之分。蓄意而为之的"阳春白雪",充满了虚伪的泡沫,让人敬而远之,反倒不如朴实的真情流露。君不见,歌功颂德的文学艺术在历史长河里是一钱不值的吗?毕竟,艺术是心灵的镜子,不是攀比的阶梯。

也罢,别说柳公子对此事已无法做出回应,就算同处一个时代,他也早就习惯了轻视的目光。

漂泊是他的宿命,繁华也好,悲凉也罢,浪子的心,火热而纯粹,他只愿用文字堆叠他的快乐和忧伤。在世界的喧嚣尖叫声中,他听着自己内心真实的律动,逐渐变得坚强而沉默。

为渴求的事情,再找一个不放弃的理由。

令狐冲说:"有些事情本身我们无法控制,只好控制自己。"没错,时间是最好的证人,不管受到多少诋毁,时至今日他的词仍然被人们所吟唱和喜欢着,这就说明了一切。

人间好事到头少

法曲第二

青翼传情,香径偷期,自觉当初草草。未省同衾枕,便轻许相将,平生欢笑。怎生向、人间好事到头少。漫悔懊。　细追思,恨从前容易,致得恩爱成烦恼。心下事千种,尽凭音耗。以此萦牵,等伊来、自家向道。洎相见,喜欢存问,又还忘了。

细细斟酌,应和着工整的音律,词人们填完一曲;罢了罢了,算绝配了这女儿柔若春水的浅吟低唱,一缕渐细却不断的余音丝般在檩间缭绕——美妙、雅致——那些归鸿落雁,径香小园;或者譬如残照烟柳,天上人间。

依然山河零落,依然在呼喊的是中原大地望眼欲穿的大宋子民。只是多数人已习惯幸福呼吸着西子湖畔熏香的空气,醉生梦死,纸醉金迷。从大殿到市井中的大多数人甚至已不愿意听见另一种声音——击碎圆满的、融入了清泪与污血的声音。

好一个多情男儿,一支笔诉说离思哀愁。委婉凄美得像一个画中走出的故事。柳永本为性情中人,个中顶尖高手,写来更是千回百转,令人动情。词中平民化的语言,更使他的词风在哀艳顽绝之中,又表现出一种酣畅朴实的率真。市井,才是最真实的生活。

青翼指青鸟,是传说中西王母的使者。见青鸟在传情嬉戏,这忧伤的人儿便想到了以前与情人在香艳的花草丛约会的情景。自己不由得感觉到当初有点草率了。还没有考虑嫁娶的事情，便轻易地将一生的欢乐许给了心上人。那时他言语的隐隐温柔，曾几何时，她在乎到欣喜若狂。

怎么能够想到，人世间好事到头来毕竟太少了。一肚子悔恨懊恼。仔细地回想一下，不由得恨当时太轻率，以至于曾经的恩爱变成了如今的烦恼。凝望着苍白的月色，任月光洒落在惆怅的脸庞。扬起似笑的嘴角，再也不见，那甜美的样子。遗忘伪装成坚强，心里的千头万绪喜怒哀乐，只有全部靠着传来的音讯，以此萦绕着自己。

有没有这样一个人，她掌握着你全部的思绪，她高兴，你开心，她难过，你揪心。

这样的男人对谁都是寡情，少言，永远运筹帷幄。

他可以在心疼到极致时，喝着酒，冷淡地看着一切。

他可以在皇帝面前，谈笑风生。

他可以……

只是，他的阿喀琉斯之踵，是词。

当你以为这些可以戒掉的时候，可是它们就像罂粟，早已融入骨血，每当想起，都会生生地疼。

他在用一生的心血浇灌着他的词，世间才子没人珍惜，却得来了柳巷花枝的倾心。

谁又能说清楚，这究竟是得还是失。

喜怒哀乐写满一张脸，敞开胸膛是赤裸裸的爱与恨，他还是不会用笑容来掩饰心伤。并不知道故事的开始是怎样，好像万千起始最终都归于同一种结局。原来上苍早在每一段情怨故事里烙下了相同的标码。又是一段伤心的爱情。

不知道为什么，每一次想到柳七就会想到侠客，古龙笔下的侠客，有一点贪欢的味道，却是拿着剑和酒走在夜色下的孤魂。最后的旅途，难免落得孤影相伴。或彷徨，或迷茫。路还是这般长。太在乎所谓的事与愿违，所谓的这个世界的公平，就越容易受到不必要的伤害。忧郁也好，洒脱也罢，

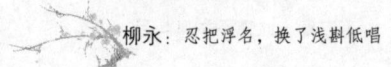

若能放开,请记得对自己好一点。人生正当如此。

人生沧桑,最温暖的事情莫过于等到白头,还爱着。为了等你归来,自己只好一心断绝了其他红尘情事。到相见的时候,欢喜地把心里存在的很多哀怨,一股脑儿地全忘没了。从此,一生守候。

很多事情,到头来只能变成回忆。或许习惯了,也懂得了。孤独是一种自在。既然好事到头已经所剩无几,那何不好好享用这个如今还灿烂的世界。

这词中,转身又见,一个痴情女子,一段多情故事。而他一个多情男儿又为何懂得?只因,那亦是他的心情。

"人间好事到头少",是谁在无边的暗夜里发出一声声轻轻的叹息,惹来一阵虫鸣低语?又是谁在彼岸深情地凝望,换来的却是孤单长伴?这世间,有太多的伤心人。伴随他的,却只有那一段段难以磨灭的辛酸的往事。凄凉寂静的时候,那些不堪的回忆却汹涌而来。在低沉悲伤的呢喃中,化作一个个隽永、亘古的音符,在肃杀的苍穹上吟唱起一首首寂寞的词。落叶离伤,情何以堪为哪般?苍凉人生,孤单一人又何妨。

穿过古时的旧时光,我看见一个长衫男子,映衬着深蓝色的天际,仿佛正在酝酿着某种情绪,深沉而凄切………

一个人、一颗凉透的心,足以不恭地面对整个世界;一首词、一道苍白的月光,足以安抚夜里无眠的心。花间,词海,人们看到的是一个放浪形骸的柳永。午夜月下,却无人晓得那颗隐隐疼着的心。

很多事,始终是情非得已。痴情的词人很多,纳兰容若、仓央嘉措都让人心疼,可是柳永却多情得让我心痛。自由是他的宿命,也是他的无奈,如果可以选择,或许他并不愿意应运成为游走在柳巷里的浪荡词人,谁人不愿意过甜蜜温暖的日子?可上天偏偏赐给他一颗敏感多愁的心,又将他推向了颠簸的人生,让他历尽痛与凉,他也只能在午夜时分轻轻地为自己叹息一声。

悲凉的叹息,是他痛到极致的乐观。

人世沉浮,造化弄人。随波逐流,漂泊伶仃苦海,无依无靠,无亲无故,何处不是生生死死,起起浮浮?柳郎,只身未动,他的心却已是历尽了人世沧桑。他懂得太多,所以承受太多。他收藏了太多苦愁的泪,在心底汇聚成一片忧伤的海。

宇宙间飘浮的尘埃,正在安静凝视这个世界。浮沉人世,红尘不远。盛世繁华也永远掩藏不了他内心的荒凉和寂寞。他把自己的心凿成碎片,千辛万苦之后,结出的却是一阕阕美到繁华的词,把自己植根在幻觉中,得到的仍是虚无。只有莲花的种子,能于一切处生根绽放。荒草萋萋,而原来心里那颗纯洁的种子,被扔到了这乱草堆中,于千年后,被人发现,拂去年代的尘埃,呈现出的竟是一颗璀璨的明珠。

忧伤是刻在他胸口的烙印,当寒季来袭的时候,指尖第一时间传来冰冷似铁的信号,在冬季变得僵硬无力,可能是双手太过颤抖,才会放不下回忆,拿不起自己,纵使他游走在花街柳巷。懊悔无用,感慨也不过是一种宣泄。

海市蜃楼,亦真亦幻,极目远眺,天涯何处是归途?你方唱罢我登场,人生可是戏一场?你争我夺,你来我往,你起他落,他起你落,你欢喜时他伤悲,你伤悲时他欢喜。人世,悲喜无常。谁人不是井底之蛙,常在梦中,迷醉不知归?

他,寻不到归路,亦找不到来的地方。流浪,成了一种常态。遇见的太多,人世,就看得越透。《法曲第二》不仅是一段悲伤的故事,亦是他借着这个多情女子的眼,清晰扫视这世界。不过还好柳郎乐观,人世苍凉又如何,我就醉在这个花街了,看这繁花盛开。忧愁太满,我便把酒言欢,醉梦里总能得一片想要的清朗。

就算世界灰凉,我也要自顾自地活得繁华茂盛。这是柳永的态度,也是现世最婉约的榜样。

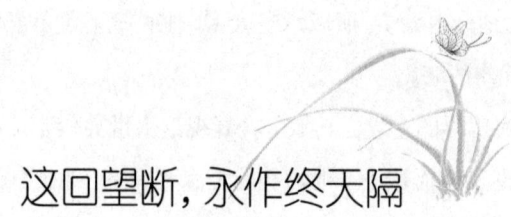

这回望断,永作终天隔

宋词如烟,如雾,如雨,湿漉漉地挂满了宋朝的天空。宋词网住了整整一个王朝。

许多个夜晚将窗帘拉上,挡住了城市的喧嚣,一个人独对宋词。夜,真的静了下来;心,真的空了出来。一颗被尘世磨砺得麻木的心变得敏感而热烈。

柳永的词是一个软弱的王朝在战乱频仍的历史中集体感伤的汇合。一位又一位词人将感伤和哀愁填在人生平平仄仄的格律中。词人或许并没有比常人经受更多的苦难,但是因为他们的正直、悲悯、敏感和多思,他们的忧伤才具有了更深刻的内容。词人们以丰富的想象、精妙的比拟、清雅的文字整理着自己的忧伤,如同受伤的天鹅不忘保持自己优雅的姿态,一边流泪,一边梳理着自己的羽毛。

> 留不得。光阴催促,奈芳兰歇,好花谢,惟顷刻。彩云易散琉璃脆,验前事端的。 风月夜,几处前踪旧迹。忍思忆。这回望断,永作终天隔。向仙岛,归冥路,两无消息。
>
> ——《秋蕊香引》

从前我喜欢苏轼的《江城子》,以为这是古代文人悼亡诗之首,凄切清冷,叫人生魂欲碎,悲情感天动地。那样的情真意切,若是他的亡妻王弗泉下有知,不知又是怎样的肝肠寸断,也许恨不得回到人间吧。

这个世界上,最无可奈何的事情,也不过就是阴阳两隔,魂梦亦不得相依吧。

"十年生死两茫茫,不思量,自难忘。"读这首悼亡词之前,我还不晓得豁达的东坡先生竟也有如此细腻温柔的情怀,如此看来,不管看上去多么豪放通透的人,心里到底有个角落是专属自己的,专门用于安放那些柔软的,不与他人知的小小情愫,那是一种怎样的温柔。

再晚一些,又读纳兰容若的悼亡词,读到那句"背灯和月就花阴,已是十年踪迹十年心",最觉得心底那样哀戚冰冷。岁月沧桑,从青葱渐渐走到白头,可是原本应该陪在自己身边的那个人,却无法参与自己的余生。

青灯,孤影,月下,独行。

他的青春,就像那句话一样——永不腐朽。

我羡慕极了中国古代的文人,可以用文字表达任何细小得宛如牛毛银针一样的情愫:欢喜,悲伤,快活,痛苦,孤寂,凄冷……在文声词影的世界里,他们可以恣意遨游,无所束缚,上天入地逍遥无比。他们都是才华横溢的天才,一支狼毫写尽悲欢离合,一卷宣纸淋漓生死顾念。

之前,我只知道苏轼的悼亡词写得极好,纳兰容若的悼亡词也写得极尽伤怀,却不知道柳永的悼亡词也写得极为不错,于是不由得我要怀疑,苏轼的悼亡词,说不定也借鉴了些许他的意境,青出于蓝而胜于蓝,由此千古流传,成为佳话。

柳永的词均离不开一个"情"字,"为伊消得人憔悴"是因情而憔悴;"执手相看泪眼,竟无语凝噎"是因情而凝噎;"好天好景,未省展眉则个"亦是为情而愁眉不展。

然而他的悼亡词,却是格外情真意切,宛如安眠在花瓣上的一个梦,又像是悄然离开春季的一场雨,带着无尽的哀切和情思。

他也有他倾心难忘的知己,可是去了哪里呢?在这个本应团圆的夜晚,七郎非常无奈,坐在那里开始神游,很快就到达了那种"意难忘"的境界。

柳永知道,很多美好的事情不敢去想,因为美好的事物总是消失得那样

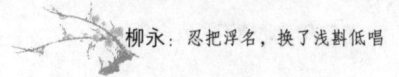

快,"彩云易散琉璃脆"。词人钟爱美好的事物,可是每一次失去都会让他痛彻心扉。

想想曾经的知己,忽然想要去寻找过去的种种,追回那美好的时光。词人"向仙岛,归冥路",费尽心机,可是天地间这么宽广,要到哪里才能找到心上人的芳踪呢?

孤寂的柳永寻遍了天上地下,仙岛幽冥,到底寻不到她……她像是晨曦里的雾气,午夜盛开的昙花,在他的生命里,就出现了那么一瞬间,却惊艳了他所有的余生。她是温柔了岁月惊艳了时光的女子,却被他就这样,苍白又寡淡地遗失在风雨里。在远离后她的一切成为刻骨的诱惑,不能承受的是相思的折磨,光明放大了时间的视野,音容笑貌才会迎面扑来,那样的真切。

于是他只能流着泪,念着她,写一首首无用的,仅仅能缓解这排山倒海而来的悲伤的诗词。

他写道:"彩云易散琉璃脆。"

他写道:"向仙岛,归冥路,两无消息。"

虽是自命不凡的白衣卿相,午夜梦回骤然惊醒之时,却难消孑然一身的清冷与怆然。即使天生的才华需要遗世独立的生命,却始终无法抵挡没有对话的世界里那无尽的苍白。只是无奈这世间总是知己难觅。

"这回望断,永作终天隔。"曾经以为可以这样牵着手一路走下去,可是放手了才明白原来只是两条平行线,当一切烟消云散,平行的依旧平行。即使相隔不远,也已是人各天涯。幸福的感觉也许只能刹那,刹那过后,只是一个人的伤痛。

都说,相见不如怀念。

你藏在回忆中,淅沥的雨,城市仿佛也在心伤。

惊雷在头顶爆开,一不小心撕裂了天幕。天空里还有飞翔的迷失鸟儿吗?

伊人的心很乱,乱如麻。那些想象的距离,像蛇一样在身体里游走,邂逅了隐忍的痛。

第二章 此情不关风与月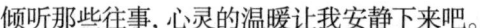

倾听那些往事,心灵的温暖让我安静下来吧。

无尽的眷恋,在回忆里加深。我只能强烈地控制住,这又一夜的无眠。

雨落下来。

伊人的心正在老去。

这些悼亡词悲凉伤感得不像是柳三变惯有的词风,于是请容我猜测,能让他这样悲伤,又这样思念的女子,该是如何的模样。我一直觉得他骨子里并不是那样悲凉的,他应该是随性天涯的浪子,放浪则放浪,到底也放不下家国安康,只不过为了一句圣意,自此留恋烟花柳巷。其实他更应该像是行走江湖的剑客,有一箫一剑走江湖的逍遥,也有一蓑烟雨任平生的豁达,坦坦荡荡,光明磊落。他也有"归云一去无踪迹,何处是前期。狎兴生疏,酒徒萧索,不似去年时"的词句,潇洒不羁,很有几分坐看花开花落、云卷云舒的气度,若不是皇帝那句奉旨填词,他或许是另一个东坡和稼轩。

那究竟会是怎样的女子呢?

或许那是个江南的鱼米养出的女孩子,应该是秀气温婉好似画轴中的女子,淡然、压场、宠辱不惊。或者她有很好看的柳叶眉,衬着故乡山水一样明秀清雅的双目。或者她爱穿一身石榴红,夏日爱站在石榴树下跟它比颜色,人比花娇。而柳七那双看惯娇花皎月的眼睛,是否是被那样的美丽所灼伤,以致看不清旧日、今年。

或许,她也只是个寻常的青楼女子,毕竟他同这些女子往来最为密切。说是寻常,却定有极不寻常之处,否则哪能让阅尽群花的柳七念念不忘,落笔也心心切切地惦记着。或许她弹得一手好琴,《广陵散》《梅花三弄》信手拈来;或许她写得一手簪花小楷,能将他的新词抄录得形神兼备;再或许她做得一手好菜,"二十四桥明月夜""只羡鸳鸯不羡仙"做得出神入化、炉火纯青。

我最爱的那句"彩云易散琉璃脆",用来形容爱情真真是最恰当不过。小时候看多了《还珠格格》和《情深深雨蒙蒙》,总觉得爱情是比金子还坚固的东西,长大了才知道这种激素一时分泌过多的感情,始终会化为平常,好比是情到浓时情转薄,当真好似彩云飞散,琉璃冷脆。当爱情走向穷途末路的时候，我宁愿它像柳七的爱情，戛然而止，宛如谁的青春，便停留在那个最美好的年华，谁都看不见它真实的狰狞。

放手的日子，总是郁郁寡欢，会莫名地为了一首歌、一部戏、一个情节，甚或是一句话而泪流满面，总觉得天是黑的，云是灰的，总觉得生活失去了意义。其实什么都没有失去，只是又回到了彼此相识的从前。就像烟花不可能永远挂在天际，只要曾经灿烂过，又何必执着于没有烟花的日子呢？

尽管痛苦不愿意听见理性的声音，可秋天都已经过去了，你是否还有借口强说忧愁？

伤心脉脉谁诉

倾杯乐

禁漏花深,绣工日永,蕙风布暖。变韶景、都门十二,元宵三五,银蟾光满。连云复道凌飞观。耸皇居丽,嘉气瑞烟葱蒨。翠华宵幸,是处层城阆苑。

龙凤烛、交光星汉。对咫尺鳌山开羽扇。会乐府两籍神仙,梨园四部弦管。向晓色、都人未散。盈万井、山呼鳌抃。愿岁岁,天仗里、常瞻凤辇。

柳七写词有两者写得委实动人,前者是风花雪月、花前月下的情,后者是令人眼花缭乱的都市风光。

中国古代的经济发展到北宋,实际上已经十分繁荣了。之前我总觉得宋朝比不上唐朝的泱泱大气,钱也不如唐朝的多,一提起唐朝,总以为那便是歌舞升平,丝竹管弦,日日夜夜的纸醉金迷。其实若是用一个词形容大唐,应该是军事强国,确实如此,东北的契丹,西北的回纥,西南的吐蕃和南诏,在长达数百年的时间里,都是对唐朝俯首称臣的。

而对于宋朝来说,边疆问题则是最为头疼的,北宋颠覆在金人手里,没过多久,偏安一隅的南宋小朝廷也被蒙古大军全面压境给灭了。但是宋朝的经济是真的好,北宋年税收值曾达到16000万贯,即使是南宋小朝廷,年税收值也能有10000万贯,远远大于古代任何一个朝代。此时工商业迅速发展,连带发展起来的还有更具规模的城市,市民人数大大增加,生活水平也着实不错。史书中记载："昔汴都数百万家，尽仰石炭，无一家燃薪者。"这句话翻译成白话就是说从前汴京数百万户人家，烧的都是煤，没有一家人是靠木柴烧火的。这句话听上去挺普通的，但是仔细想想就知道达到这种程度并不容易，在古代烧得起煤的人家至少也得是小康水平。《红楼梦》中贾府收到的年礼中便有"银霜炭上等选用一千斤、中等二千斤……"有句话叫作靠山吃山、靠水吃水，古代在山里住着的人大多是樵夫，便是靠打柴为生的，木柴的价格可要远远低于煤。

就在这样强大的经济水平下，都市飞速发展起来了。宋朝十万户以上的城市由唐代的十余个增加到四十个，汴京和杭州继长安、洛阳和江宁之后成为世界上第四、第五个人口超过百万的城市。柳七描写都市风光的词，便是在这样的基础和背景下发展起来的。

这首《倾杯乐》描写的就是典型的都市景色。这是在一个元宵节的夜晚，宋代的元宵节，身为帝都的汴京会举行灯火晚会，有时候皇帝也会从皇宫里走出来，跟万民同度节日，以示与民同乐，天下太平。开头便是极其工整华丽的三句——"禁漏花深，绣工日永，蕙风布暖"。"禁漏"代指时间，原本是皇宫里用来计时的工具。时间一点一滴地过去了，此时莺飞草长，花草都已经繁盛茂密，而太阳宛如世界上最伟大的绣工，在天地之间绣出一幅幅广阔秀丽的图画，带着蕙花香气的风将温暖散在所有人的身上。

柳七这开头不同凡响，寥寥数语，繁华胜景已影影绰绰，好似白居易笔下的琵琶女，未见其人，先闻其声，柳七笔下的汴京也宛如半遮面的琵琶女，身姿绰约，窈窕而来。

忽然华灯齐放，犹如百花盛开的春天，十二座城门在漫天银辉不断飞舞里，粲然如画，一时间整座城市都好似蒙上了天阙里的云彩，最美丽的还要数巍峨华丽的皇宫，它伫立在那里，各个楼宇间相连的桥梁宛如迷蒙着漂亮的云雾，恍如仙境。

这是一个灯火通明的夜晚，花开千树，烟火缭绕。神仙都被这人间的美丽繁华给惊动了，天上宫阙虽然富丽堂皇，但也清冷如烟，他们望着人间，也生了兴致，于是幻化成普通人的模样混迹在人群里，随着人们欢呼

第二章 此情不关风与月

雀跃。凡间的欢喜，竟然能令早早绝了尘心的神仙都凡心大动，这福气，可不正是万岁的仁义通明所致吗？这样仁慈的万岁，若是我们这些小老百姓能天天瞧见他的车驾，便不知道该有多幸运了。

最后一句笔锋一转，便开始歌功颂德，称赞起皇帝来。我料想此时皇帝还没有让柳七奉旨填词，他还抱着一颗从仕报国的热切之心，满腔豪情壮志，一心只想着如何兼善天下，扬名千古。此时的柳七，还未将一身浮名换了浅斟低唱。

他也不是一开始便是喜欢吟风弄月、眠花宿柳的风流才子。他也曾是"春风得意马蹄疾"的白衣少年，心里想着如何在这片叫作政治的天空中翱翔得更高、更远。只可惜历史上除了那几个千古大帝之外，大多数皇帝都不能知人善任。当时北宋在位的是宋仁宗，他并不算很昏庸，却也算不上清明，只能说是个不好也不坏的皇帝。这样的皇帝当政，并不会发生什么太大的冤案，但个人的失意挫折却是肯定会有的。

柳七便是其中的一位。文人一旦在政治上失了意，转而便会用一支笔发尽牢骚，写尽委屈。这时候不仅仅是他个人的委屈了，而是天地之间的某种命运，某种玄机，甚至能跟王朝的兴衰联系到一起，最后往往长叹一声——前事不忘，后事之师啊。

有时候，这也不是完全没用的，比如当年秦始皇还是个诸侯王时，便将不是秦国国籍的客卿们全都赶出咸阳，后来的秦国丞相李斯国籍也不在秦国，于是自然而然就被请出了，但是他哪里甘心，于临行前上了一篇名动千古的《谏逐客书》。据说秦王读了这篇文章后十分感动，大为后悔，连忙派人将李斯请了回来还加以重用，秦王感没感动无人得知，不过李斯确实用一支笔和一点墨水达到了他的目的。

不过历史上像李斯这样幸运的人并不多，屈原唱再多的《离骚》也还是被流放，最后抱着石头沉了汨罗江；贾谊觉得自己跟屈原同病相怜，写了篇《吊屈原赋》，结果还是郁郁不得志，抑郁成疾，三十三岁便英年早逝；柳宗元也写了许多贬谪诗怨刺诗，然而皇帝不好这一口，将他一贬再贬，一直贬到了相当偏僻的柳州去，结果他就老死柳州，终生都没能回到长安；

反倒是越贬越昂扬的刘禹锡活得高高兴兴的，皇帝后来想起这么一号人来，觉得对了胃口，还将已经步入晚年的刘禹锡给召了回来。

柳七念着若是能将皇帝弄高兴了，说不定自己就能一步登天了。没想到皇帝是高兴了，不过还是摆脱不了他众多同人的命运。这份失意和伤心，也唯有袅袅墨香能陪伴他了。

有万般千种相怜，却不得相惜

一直在想，柳三变的妻子是何种模样呢。然而没有一本正史或野史上对这位柳夫人有所记载，只有一句话提到了柳永的家室：柳永有子名涚，字温之，宋仁宗庆历六年（1046年）贾黯榜进士，曾官著作郎及陕西司理参军。这句话里影影绰绰，能够见到这位柳夫人的身影，恍如春日的风絮，转瞬即过。

柳七出身官宦世家，不同于平民百姓，婚嫁事宜自然也应该是十分讲究的。为柳家承认，并且用柳家之名从仕的儿子，绝不应该是柳七的情人们所出，在讲究等级制度的封建社会，正经姨娘庶出的儿子跟嫡子都有云泥之别。看看贾宝玉跟贾环的区别就知道了，一个是众人的心肝眼珠子，一个却是稍有资历的丫头都不甚当主子看待的"少爷"。这就更不用说外头所出的孩子了。

谢玉英虽然曾与柳七拟作夫妻，也曾拜过天地夫妻相称，她死后也是葬在柳永的墓边上。可到底不是明媒正娶、八抬大轿抬进家门的正室。于是我只能猜想，这位被柳七娶来却遗弃在高门大院的女子，也曾是不解世事、天真可爱的女子。

大凡未出阁的女孩儿，都是天真无邪的，这种可爱劲头分外招人喜爱。正如贾宝玉所言：女孩儿未出阁前都是好看得紧的宝珠，出阁之后却将宝珠变作鱼目了。他虽是这样说，可是待平儿和香菱都是极其不错的，这两位又哪里是未出阁的女孩儿呢。只不过成婚后的女子，定然无法再似以

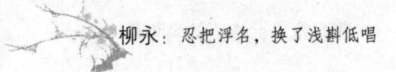

往那样无忧无虑罢了。

我在柳七的词里寻寻觅觅,满目都是他的红颜知己、红粉佳人,几乎寻觅不到那位为他生儿育女的夫人的半丝痕迹。他一面写"恨少年、枉费疏狂,不早与伊相识",然后跟那些女子海誓山盟,许下情比金坚的誓言;一面却将渐渐耗尽青春的妻子抛诸脑后,浑然忘却了自己的妻子也曾有雪肤玉骨,绿鬓红颜。男人们若有这点可恨之处,便令人毫无可怜之意。

在柳七苦苦思念着那位歌伎,甚至为她引词弄文时,他可否惦念起守在家中的娇妻幼子,可否有些许的愧疚?

> 红尘紫陌,斜阳暮草长安道,是离人、断魂处,迢迢匹马西征。新晴。韶光明媚,轻烟淡薄和气暖,望花村、路隐映,摇鞭时过长亭。愁生。伤凤城仙子,别来千里重行行。又记得临歧,泪眼湿、莲脸盈盈。
>
> 消凝。花朝月夕,最苦冷落银屏。想媚容、耿耿无眠,屈指已算回程。相萦。空万般思忆,争如归去睹倾城。向绣帏、深处并枕,说如此牵情。
>
> ——《引驾行》

她应该是悲哀的。

本该是最亲密的那个人,奉着圣旨,千里迢迢出使长安,送行的不是她——不是被所有人承认的柳夫人,甚至也不是他们的孩子,反而是那位歌伎。他在远行的路上,风光那么好,他意兴阑珊,想起的却是那位歌伎,带泪的脸庞,最后凝眼望去时,竭力盈盈的笑颜。谁能告诉她,这本该是属于她的情深义重。

年少时偷偷看些杂书,看到《霍小玉传》中那个即将死去的女子,最后声嘶力竭的言语:

> 我为女子,薄命如斯!君是丈夫,负心若此!韶颜稚齿,饮恨而终。慈母在堂,不能供养。绮罗弦管,从此永休。征痛黄泉,皆君所致。李君李君,今当永诀!我死之后,必为厉鬼,使君妻妾,终日不安!

第二章　此情不关风与月

那时候，她想的是，好歹是一日夫妻百日恩，那个霍小玉，分明还是深爱着她的情郎，又何必要立下如此狠毒的誓言，"我死之后，必为厉鬼，使君妻妾，终日不安！"时至今日，她方才明白那是霍小玉最痛苦和无奈的抉择，这样沉重的爱恨，若是不找到一个宣泄口，一缕幽魂，又如何承担？

当爱的人已经将从前遗失在自己身上的心收走，转身送给他人，所有的海誓山盟和甜言蜜语都换成了别人，这口恶气，这份苦楚，何止是摧心肝、断心肠！她只恨她不能像霍小玉那般，痛快淋漓地报复，当初爱得深，如今恨得绝，更是狠得让人大呼痛快。

然而最初的痛快过后，渐渐地，心里的痛意又慢慢涌上来，夹杂着千山万雪的心寒。报复了，痛快了，又如何呢？那颗心，终究不再属于自己。自己已是这一副狰狞面孔，他亦是负心薄幸。究竟是什么，将当初花前月下，宛如璧人的一双人，变作如今的模样？

自己能怎么办？

她的丈夫不是李益。

她也不是霍小玉。

她的身后，有逐渐年迈的公婆，有嗷嗷待哺的孩子，还有一个家族的脸面要支撑。那些杂书，不过是左道旁门罢了，即使心里有多想遵循，可做到又谈何容易。她是他明媒正娶的妻子，不是他不喜欢就可以丢掉的。

她想，纵他无情，她也不可无义。

元稹曾悼念他的亡妻韦丛：

> 曾经沧海难为水，除却巫山不是云。取次花丛懒回顾，半缘修道半缘君。
>
> ——《离思五首》(其四)

其实他年轻的时候也并不甚喜爱这位妻子，天底下谁不知道他心里是有个莺莺的呢，即使后来莺莺离去，他身边也从不缺少莺莺燕燕们。但是最后在妻子亡故之后,他终于记起了原来自己身后一直有这样一个女子存在。

她不曾识文断字,不曾在他身边红袖添香,也不曾软笑解语。可是这个世界上,再也没有一位女子能像她一样温柔贤惠、毫无怨言地帮着他照料起整个家,令他毫无后顾之忧。这一生,以为自己辜负的只有莺莺,没想到自己所欠最多的竟然是妻子。他后悔了,他痛恨自己,一生风流多情,这多情,却还不如无情。

或许自己这一生也等不到丈夫的回心转意了,她只有那么一个渺小到卑微的念头,只盼着在她死后,他能惦记起她,小小的惦记就可以了。她从来不是贪心的女子。

后来,她果然死在了他的前头。或许是多年的操劳令她早早地就积郁了许多疾病,或许一直被忽视和冷遇令她始终郁郁寡欢。然而在她死后,柳七似乎也从未想起这位妻子,至少在他的词里,我从未找到过像元稹那样明确表达痛意和悔恨的句子。

只是不知道,当柳永最后死在名妓赵香香家时,是否对着自己风流的一生,一声苦笑。或许,若是他的妻子是卓文君,那么他也愿意当司马相如。只可惜,他的妻子,并不是他想要的那个人,所以才少了那么多的柔情蜜意。所以,他将所有的怜惜都给了别人,她,不得半丝。

悲莫悲于轻别

倾杯

离宴殷勤,兰舟凝滞,看看送行南浦。情知道世上,难使皓月长圆,彩云镇聚。算人生、悲莫悲于轻别,最苦正欢娱,便分鸳侣。泪流琼脸,梨花一枝春带雨。

惨黛蛾、盈盈无绪。共黯然消魂,重携纤手,话别临行,犹自再三、问道君须去。频耳畔低语。知多少、他日深盟,平生丹素。从今尽把凭鳞羽。

这首《倾杯》写自一场离别的盛宴,那是一个难舍难分的场面。人创造环境,同样环境也创造人。柳永的离别词中常常创设典型的环境来渲染情感表现人物,他善于通过时空背景的营造,创设人物活动的环境,以此来点染离情别绪。柳永乃婉约派四大旗帜之一,在四旗中号"情长",有"豪苏腻柳"之说,柳词如江南二八少女,清新婉约,细腻独到。

女人怕离别,和女人离别则更会被"梨花一枝春带雨"的伤悲所打动。柳永是写离别的高手,为了表达这样的一种情怀,他先是"离宴殷勤,兰舟凝滞",用情深意浓的"离宴"——烘托手法,用不愿离去的"兰舟"——拟人手法,为离别做第一层铺垫;第二层用"皓月长圆""彩云镇聚"这样理想化的自然美景做反衬;第三层直接将娇美而令人怜惜的"梨花一枝春带雨"般心爱的人展现给读者,从而将离别的情绪推向高潮。

屈原《九歌·少司命》中说"悲莫悲兮生别离", 这世间总是演绎太多的生离死别，生离的痛苦超过了死别，因为死别的悲哀可以由时间去冲淡，天赐生离所引起的绵绵不绝的相思，格外煎熬人心，让人痛不欲生。柳永没有直接表现这种感情，而是借用女子的表情来表现。柳永的离别词多通过具体刻画人物的形态，特别是女性的人物形态来突现离情别绪，表现儿女情长。柳永的离别词与前代相比不仅拓展了题材内容，也显得更缠绵悱恻柔情脉脉。

词的下阕则是表现离别高潮时男女主人公的情感流露、所思所愿。离别的宴席上彼此更加情深意厚，待发的兰舟仍停泊岸边不忍离去。转瞬间来到了送别的地方。明知世上难使明月长久圆满，也知道彩云不可能常相聚。料想人生最悲伤的莫过于离别，最痛苦的莫过于让一对正在热恋欢乐的情侣突然分离。她那流着眼泪的玉脸，就像春天里一枝带雨的梨花，娇美而令人怜惜。

她皱着黛眉，心里盈盈无头绪。他和她一起沮丧伤心，再次拉着她的玉手，临行话别时，她还反复地在他耳边问道："你真的必须离去吗？"不知有多少过去的深情的盟誓、一生的情书，从今以后全都只能凭借鱼雁来传递了。

细雨湿了落花，花解语吗？执笔书一纸相思画，泪湿了谁的画架？落叶零落覆春夏，水寒幽咽冰泉下，左右肩上情丝染，谁言相思聚散难。

眼前不禁浮现出两个人，陆游和表妹唐琬，婆婆的干涉让两个本来相恋的人经历了生离。我为唐琬的不幸遭遇感到悲哀，也为她有苦无处诉的处境感到心酸。但从另一个角度，不知为何，在内心深处我竟然有点羡慕唐琬，她能在死后四十年里仍然不断被人真心悼念，这真是一种幸福。人生的最大悲哀莫过于你付出的真心不被你所爱的人理解和重视。而在陆游的心里，她是他永不消失的记忆，是他心中永远圣洁的女神，是他永远思念的知己，是他永远眷恋的情人。她身上有他，他身上有她，冥冥世界里，他们并不寂寞！是的，胸中装有你所思念的人，你人生的路上就不孤独，心中充满柔情，你情感的天空就不苍白！柳永本就是一个多情的人，所以怎能不为了这别离而黯然失魂呢？爱上柳永这样的情郎是幸福的，因为

第二章　此情不关风与月

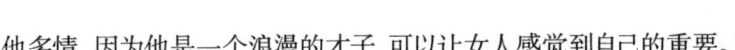

他多情，因为他是一个浪漫的才子，可以让女人感觉到自己的重要。

要珍惜眼前，这是尽人皆知的道理，但真正做到却不是件易事，因为人们总爱逃避。就像张小娴说的那样："在未可预知的重逢里，我们以为总会重逢，总会有缘再会，总以为有机会说一声对不起，却从没想过，每一次挥手道别，都可能是诀别。每一声叹息，都可能是人间最后的一声叹息……"

读古人的别离词，总会慨叹，稼轩的《贺新郎》最为凄婉动人："啼到春归无啼处，苦恨芳菲都歇。算未抵、人间离别。"连稼轩这样的硬汉都能让人感觉到悲凉，可见，离别带给人怎样的伤怀？

人生，就是一场不断离别的旅程，经过了一站又一站，认识，分别，因为离别，所以有了人们对情与义的倍加珍惜。生离也好，死别也好，只要心中有爱，我们就是幸福的，也不枉相逢、相聚，不悔相知、相忆。人生苦短，幸福又总是稍纵即逝，我们能做的，只有把瞬间凝固成永恒——在我们的心里永远留存。

彼岸花，花开一千年，花叶永不相见，情不为因果，缘注定生死。谁都怕生别离，特别是面对亲人的离去、相爱不能厮守的分隔天涯，是令人悲痛不已的。即便是离别的歌一唱再唱，唱到肝肠寸断，唱到断雁西风。唱得月落乌啼，唱得关河霜冷，我们谁也阻挡不了一股股生生不息的别离寒流。看着别离蔓延过来，我们往往只能手足无措地相忘于江湖，让最美最深的记忆久留心中。

一些人说柳七词格调不高，觉得柳七没有苏子瞻大气，没有辛稼轩豪气。然而人有不同，词又怎么能不是如此？柳七一生无大作为，做官也只是做了一个芝麻官。他没有苏子瞻的旷达胸襟，也没有辛稼轩的铁血生涯，他又怎么可能会像这两位一样填词？

柳七就是柳七，他是"白衣卿相"。宋朝是词之鼎盛时期，然超越于柳七的又能有多少？苏子瞻亦不忘问别人自己与柳七相较如何，这足以证明柳七的地位不比苏子瞻差。最起码在宋词这一块，柳七是宗主，婉约词家的领袖。

沉浸在柳词的依恋里，我的心便清明了，失恋，失意，尽欢，言败，宋词中知音若许，讨论这些讨论得透彻，口齿噙香。一路走来，光阴几许。三郎的词陶冶了我，让我不懈于庸碌的琐碎人生。

第二章　此情不关风与月

惟有两心同

他从罗绮飘香的青楼画阁里醉着出来，摇晃着染了薄酒的长衫，咿咿呀呀吟唱着刚听来的小曲儿。每一个夜晚，他都是这样度过的。

道路两旁皆是浓妆艳抹的姑娘，招着手中的绢纱，妩媚笑着揽着过往的恩客。他望着她们，不时地伸了手轻抚姑娘娇嫩的脸颊，带着轻浮又充满爱怜的笑。

不知是哪位姑娘想留下他，伸了手去，阻他道路。他眼光迷离，带着薄酒气息的吻，印在她耳边，轻轻道了声，不可。

也是，日日夜夜便在这青楼画阁里纵情，哪家小楼没去过，哪条深巷没寻过？这单纯的脂粉香浓，的确留不住他。

摇晃着身子随意地走着，小巷的尽头有船停在岸边。他晃了几下，上得船去，倚在船舱边上，接着吟唱那不知哪儿听来的曲子。划船的老伯悠悠划起船桨，不问来者，不问去向。

时当北宋年间，汴京，是最繁华的城市。他，是正值盛年的柳永。到汴京有一段时日，夜夜欢场，出手自是阔绰，却无经济来源。日子，正是日益困顿的时候。

偏偏，便要遇见"堪人属意"的虫虫，便要写上一曲"惟有两心同"的爱情赋。

小楼深巷狂游遍，罗绮成丛。

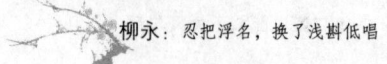

就中堪人属意,最是虫虫。

有画难描雅态,无花可比芳容。

几回饮散良宵永,鸳衾暖、凤枕香浓。

算得人间天上,惟有两心同。

近来云雨忽西东。

诮恼损情悰。

纵然偷期暗会,长是匆匆。

争似和鸣偕老,免教敛翠啼红。

眼前时、暂疏欢宴,盟言在、更莫忡忡。

待作真个宅院,方信有初终。

——《集贤宾》

百花丛中过,片叶也沾身,可用来形容柳永。

在这首写给心爱女子虫虫的词中,柳永也是坦荡。开篇便写自己"小楼深巷狂游遍"的过往。如此男子,若是换了今日,不知该如何对待。他若递给你一封情书,先写了去过多少青楼画阁,见过成群深巷浅弄里的姑娘,不知读信的人,该恼成什么模样。

然而第二句,便入了主题。这情表达得可谓是透彻,一个"最"字,有多欣赏有多爱,自是浸在词句中。

后人评价此词,总不免要说上几句,大多是说爱情到了柳永这里,有了新的意味,不说门当户对,讲究的是"两心同"。两心同是很具诱惑性的词语,便是对今日红尘里翻滚的男女而言,亦是十足的吸引。心灵之间的相互吸引,不在乎对方的家世,不在乎对方的身份,那是一种怎样的爱,只在乎心的交流。

那"算得人间天上,惟有两心同"细细读来,仿佛是带着朝圣般的虔诚。虔诚中是一尘不染的两颗同心。天地之大,天地之广,天地之神奇,都是他人的风景,与我无关,在我这里,有你的"同心"即人间天上。

从这宣言似的词句中，不仅柳永多情才子的形象尽显，虫虫的形象，也着实叫人揣测不已。什么样的女子，担起了这等爱意，赛过了百花丛中的各色脂粉香浓、偎红倚翠？直教人拿天地来评说，却落在看不见摸不着的那颗心上。

柳永说她是"有画难描雅态，无花可比芳容"。再超群的画技，描摹不出她的美颜，再娇嫩的花朵，也比不得她的芳容。换句话说，她的存在，便是最美的意象，尔等全成了庸脂俗粉，成了能被描摹在画布上的静态俗物。且这最美的存在，又是他春宵帐暖的怀中人。"几回饮散良宵永，鸳衾暖、凤枕香浓。"各种甜蜜滋味，尽在字里行间。

"两心同"的爱情，虽抛了人间天上，脱离了浑噩粗俗的世间生活，然而人既然存在于世间，便不是孤立的个体，也并不是加了一颗"同心"，便成了金刚不坏、铜臭不侵的圣体。

此时的柳永，小楼深巷狂游遍，罗绮丛中沾染过，也该是，千金散尽难再来的困顿时候。虫虫是歌伎，此时相见，可谓不易。偷偷相会，也是来去匆匆。虫虫敛眉落泪，于此情此景，伤怀不已，"两心同"的爱情，仿佛成了天边的一朵云彩，说是存在，却飘飘忽忽，不知哪一刻会忽而不见。

柳永是没有门第之见的，他求的是"同心"的爱情。见之不得，不仅是相思，更是佳人脸上的点点红泪。他是真的生出了与虫虫过一种鸾凤和鸣、白头偕老的夫妻生活的想法。他说，如此，你总该相信我的初衷，相信我对你说出的长长久久的盟誓。

相聚匆匆，便唯有别离。我们暂时疏远，我去求取功名前程，你莫要独自忧心忡忡。待我高中之时，定不负今日今时之盟约。我们会一起生活在宅院之中，过平凡的夫妻生活。让你知道，今日我所言，今日我所说，乃是真情实意，切莫再伤怀。

柳永说这句话时不知后事如何，然我们作为来者，皆有记载野史可查。最终，他穷困潦倒，寂寥死去。众风尘女子聚财，与他最后归处。但平凡的夫妻生活没有完全成真，两心同的爱情，不知在哪一刻忽而不见，后人读来不免伤怀。

然而，细读此词，柳永在抒怀之时，总该是充满爱意，又存了奋进之心的。那时那刻，总该是花好月圆的情浓之时，虽别离，却暗含希冀，多是美好。

记得看过一句话，颇有道理。于今日猜忌多疑的爱情，也是一句醒言。当一个人向你做出承诺，许诺美好未来之时，你不必不相信，不必全相信。只需记得，起码，在此时此刻，他是真的想要如此，他是真的想要给你美好的未来。

且回到柳永的这首词，他于偷会之时，轻轻递在虫虫手上，道出心中"两心同"的爱情，道出要为你做真宅院、长长久久地生活在一起的想法，让你相信我今日的情意。

若你是虫虫，便倚在他怀里，享了这人间天上的爱意，听了他一举成名的壮志，悠悠畅往那不久的幸福生活吧……

如此，足矣。也许一切都只是浮云，那个能许给你"两心同"爱情的男人才是值得珍惜的吧！

此图描绘一条河流两岸树色平远的景色。画中之景以河为界，可分作前后两部分。前景画河流近岸，平地坡石，其上生古树数丛，枝干盘曲伸张，树上枯藤缠绕，垂蔓点水。整个景物清寒枯硬，其境界清旷平淡。画面以平远布局，构景简洁，开阔而均衡。其树似鹿角蟹爪，山石笔法灵活多变，墨色浓淡变化丰富而微妙，所造之境具体真实，从中可以看出李成画风的影响，同时又体现出郭熙山水画的典型风格。

▶《树色平远图》（局部）[北宋]郭熙 绢本 墨笔 纵32.4厘米 横104.8厘米 美国纽约大都会艺术博物馆藏

▶《窠石平远图》[北宋]郭熙 绢本 淡设色 纵120.8厘米 横167.7厘米 北京故宫博物院藏

郭熙作为北宋著名山水画家，在山水画理论上也颇有成就，他传世的绘画理论著作有《林泉高致》一书。郭熙十分强调画家对自然景物的观察研究。他深知自然山水体貌结构的规律及其在四时、朝暮、风雨、明晦中的变化特征，而且还特别强调画家如何去发现和塑造山水的优美艺术形象：「山形面面看」「山形步步移」，山水因角度不同而呈现出千姿百态的特点来。此画深秋清旷之景，神韵独绝，树石画法与《早春图》颇为相似，但细部描绘较简略

第二章 此情不关风与月

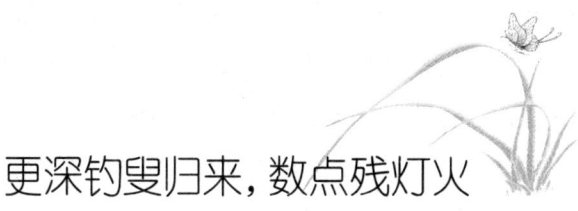

更深钓叟归来,数点残灯火

祭天神

叹笑筵歌席轻抛躲。背孤城、几舍烟村停画舸。更深钓叟归来,数点残灯火。被连绵宿酒醺醺,愁无那。寂寞拥、重衾卧。

又闻得、行客扁舟过。篷窗近,兰棹急,好梦还惊破。念平生、单栖踪迹,多感情怀,到此厌厌,向晓披衣坐。

柳永在外多年,未名未禄,官场失意,躲身青楼,天涯沦落,饱经风霜。从汴京到江淮,到西蜀,到杭州,到苏州,最后客死他乡。时光流逝,青春渐渐凋零;前路茫茫,不知归路何在。就这样,他艰难地行走在路上,却为我们留下了一座座丰碑;栖息在青楼里,却让那个本来糟粕甚重的地方焕发出性灵之光。

他重情而又多情,伤情而又痴情。长亭兰舟,酒台花径,曲坊歌榭,佳人妆楼,他用他摇曳之笔谱写着梦幻的乐章。

他是一个独特的诗人。他有着压抑不住的才华、敏感脆弱的气质,却屡试不第,仕途蹭蹬。于是,他沉湎于欢情之中,以抗拒造化弄人,但他又不甘心就此沉沦,总是惦记着那遥远的"帝乡"和"黄金榜上"。正是这些碰撞、挤压在他内心深处的留恋和挣扎,成就了他颇富传奇色彩的悲剧人生,也成就了那一首首缠绵的词作,那是一个扭曲的生命所绽放出的一朵朵艳丽的花。

那一段段短暂温馨的欢聚，曾是他孑然旅程中唯一的安慰。那每一个渐行渐远的身影，都曾抚慰过柳永内心的创伤和悲凉，都曾寄托了柳永的一段生命。但，内心深处那一丝不绝如缕的功名之念，又使得他不断而执着地演绎着离别的故事。离别，不但再一次将柳永抛掷到这前途渺茫的仄路上，使他饱尝被遗弃的苦涩，离别同时也是一种内疚和悔恨。然则，在那个千百年前的夜晚，他望着孤城画舸，凄凉一叹。

夜，黑得凄迷，静得寂寥。灯火阑珊之中，看不出深浅，只有淡淡的路灯光线拉出街道长长的影子，树影婆娑，女子头发上散出清清的香，衣裾一转，无数风华。还记得傍晚的风，你略带萌动的温存，爱越深，结局越是不可能，泪流成河，只为未尽的缘分，只能期望下辈子能做你的女人。月影欲逝欲出，流露着失神的迷离。依栖着无常的回忆，散发着悲伤和忧虑。深藏痴心无悔的情，饱含守望一生的意。依旧是寂静，人依然在等待，心依稀在系念。感伤哀然零落。

看远处的灯火，似案头的香火般，明明灭灭，有多少温暖，多少寒。望着前方的火烛残灯，感叹如今已是孤家寡人，不由得发出一句感叹，若能活在梦中该有多好，可好梦偏偏易醒。也或者能够回到最初，该有多好！一切回到刚刚开始的时候，便不会有今天的身心疲惫。可是，时光一去不复返，谁也没有时光机的钥匙。只能在这漆黑的夜里，感叹、怀恋。

若一切，都还是最初的模样，该有多好。

人生若只如初见，多彩，温暖，美丽，是永远不会流转的画面。

也许，漂泊是他逃不开的命。

曾经，真好。

唐代诗人张继，一次在旅途中，乘船经过古代交通要道姑苏的枫桥，因天色已晚，便泊船岸边宿夜。时令已是秋天，夜深了，孤身一人的张继睡不着觉。此时此刻，月亮已经西沉，偶尔，被惊醒的乌鸦发出几声啼叫；霜华漫天，寒意袭人。唯有岸边黑黝黝的江枫和远远几处明灭的渔火，陪伴着他这个心怀旅愁的孤舟之客，度过寂静的夜晚，咏出了千古名篇。

第二章 此情不关风与月

> 月落乌啼霜满天，江枫渔火对愁眠。
>
> 姑苏城外寒山寺，夜半钟声到客船。
>
> ——《枫桥夜泊》

就这样，黑夜，染了千古人的愁情。他们各自不同，却各有心痛。

那些曾经所迷恋的千种风情，只是从眼前飘过的云烟，是从远处传来的嘈杂无序的声音。无法把握感情的生命是空虚的，虚无的生命是无法体认意义的，虚无的生命更无法言说。

离别是一次意义剥离的过程，是对生命的再一次否定。离别是在诉说存在的，当柳永在一首别情词中声称自己无人可说时，他体验到一种没有任何指向的孤独，那其实是生命的失落，而不是孤独。

残蕊月歇，谁与谁许下了这三生夙愿，谁与谁把彼岸站成生生的两端，谁与谁牵手了今世难忘情缘。

黑暗中你轻嚅抹笑，轻抚袖，轻吟：草色烟光残照里。无言谁会凭阑意。

你开始混迹于江湖，你开始与下层市井人民相处。你的满腹才情，对酒当歌、登山临水、吟赏烟霞、孤馆梦回、逍遥自在、闲云野鹤。你得到了民众一致的追捧，甚至到了凡是有井有水有人的地方，都能歌唱你的词。这么有名了，你还在忧愁什么？天之骄子如你，才华横溢如你，词倾众生如你，怎会这样？

曾几时梦里蝴蝶翩翩，可醒来才知，终究不过一季花败，失去的冷暖情怀，终究越不过沧海。晓梦未央，如落叶的回旋，悬在天边。

凝望清河柳垂彼岸，感受那万古悲欢。陌上红尘，惘然寂寥，喧嚣繁杂，芬芳婉转。风吹散了时间的印痕，楼外楼，清河依旧在，山外山，残叶残影还。

一座城，一些人，牵动几多灵魂。柳永，注定了是一个孤独的漂泊者，哪一座城，都是他的异乡。

那年，那月，那日，他独望残灯。

某年，某月，某日，他轻叹平生。

这一刻，花开无眠，这一刻，情若千年。

柳永，就是这样，以一种决绝沉沦的方式，舞着他灿烂凄艳的生命。

数点残灯火，愁杀多少人。

千年前的某个深夜，那个无限风情的男子踱着步子漫步在烟雨中，正是江南的那个多愁善感的水畔。

随心而叹，便是一首美到哀伤的词。这般才情的男儿，谁会不喜欢？

多情但是专情，有才但是无财，白衣卿相，不知道，你的轮回里，是否让你有一个机会，在朝野之上，一展你的宏图大略？是不是那个年代人的通病，把仕途当作自己的最高梦想？

用微醺酿了浮名，柳永带着醉意过活，固他所愿，可清醒地知道信仰死去，是件残忍的事情。把志向埋在杨柳岸旁后，他才猛地睁开眼，可又能怎样？"此去经年，应是良辰、好景虚设。便纵有、千种风情，更与何人说。"

都说，爱是一种福分，千年的句子，千年的知音，柳永的词于我也是一种福分。

这恋，就像选择了一个人，贴了心，便是一生。

夜，静静的。掬一瓣花的馨香于指尖，轻轻放进我心爱的宋词书页间，让心情和岁月一起沉浸。流年的忧伤和喜悦在书页上泛起了浅浅岁月的黄，那淡淡的黄，在我所经过的流年里散发出浓浓的墨香，那是柳词的味道。

心娘自小能歌舞

能歌善舞的女子，总是分外招人喜欢。若她轻舞，月下也好，河边也罢，空气似乎都会因为她而变得轻盈、灵动。倘若月儿恰半隐在云朵之后，河边有柳叶轻拂，该是多美。

记得少时有一位小伙伴，夏日里总喜欢穿那件淡紫色的小裙子，短短的，站在半人高的草地里起舞。说是起舞，更恰当些，便只是小孩子的嬉戏罢了。笑声大大的，在原地踮着脚尖儿，飞快地转着圆圈儿。风扬起她紫色的小裙子，绿色的草儿，便化作天然的舞台，她一个人，笑着，舞着，给我留下了极其鲜明而美丽的印象。

而这种印象，足以令我在日后的成长里，始终惦记，盼她安好成长。

不知，那位自小能歌善舞的心娘，该叫多少人惦记呢？

依旧是青楼画舫，或者，这青楼坐落在城市的中央，每每路过的人，都会停下来，隔着各色暧昧的绢纱，遥遥地望一眼正在轻灵舞动的女子。再轻轻打听上几句，于是，心娘这个名字，成了多少人唇齿间轻含着的字眼。

不知是柳永对于烟花丛中的女子怜爱得紧，还是她果真美好至此。

依着柳永的形容，九天之上，若有仙女雅而歌之，听见心娘的歌声，只怕是该羞愧不已，只盼做个凡人了。心娘是凡人，甚至，比不得凡人。可她唱歌之时，仙人止声。

《汉书·佞幸传第六十三》中记载的，也是位善歌舞的女子。她幼时流落长安，被训练成为一个歌舞伎，后得汉成帝赏识被召入宫，做了汉成帝的爱姬。这人，就是赵飞燕。相传，她体态轻盈，歌舞亦不凡，可在人掌上舞动，姿态如飞燕。而在柳永看来，心娘的舞姿，也是凌驾于赵飞燕之上的，叫她嫉妒不得。嫉妒其实是个很值得玩味的词语。你有，我无，不一定嫉妒。你无，我亦没有，便构不成嫉妒。嫉妒，若是在你有我也有的情况下，方才显得俏皮而可恶。你有，我有，可我不如你。不嫉妒你，倒是该怨谁呢？柳永说，心娘的舞姿，叫赵飞燕也嫉妒不得。这句话，赞美的是另一番境界了。我有舞姿，你也有舞姿，然则相差太远，你便也没那份能力或是技艺来嫉妒我了。

总觉柳永于这些烟花女子，该是真正的懂得者，亦是十足的欣赏者。这不单单是情人眼里出西施，却有些个个赛西施的意味。柳永的情，着实叫后人读来，爱怜又夹杂了些许的疑问。莫不是这些女子果真这般好？不是连美貌都无法形容的"虫虫"，便是而今招那天人嫉妒的"心娘"。

可无论是美貌无法描摹的虫虫，抑或是自小能歌善舞的心娘，她们都有一个共同点，那便是纯洁高雅的心灵，富贵不能淫的品质。或许，与她们的美貌、才气相较而言，最终使柳永铭记的，是品格。

你在这烟花丛中，却没有将自己放荡沉沦，依旧保持着自我内心的那份高洁。而我，看到这些，将其写在笔下，赞于诗中。

其实，相交，或许是因为相知；是因为你我有着相同的境遇；是因为我们，彼此懂得。而彼此懂得，最好的存在，便是彼此爱怜吧。

玲珑绣扇花藏语。宛转香茵云衬步。王孙若拟赠千金，只在画楼东畔住。

那日，我如往常般，品着醇酒，环着身侧的佳人。静坐在画楼一角，远远地看着你在阁楼中央的舞台上翩然起舞。皎洁的月光，顺着天窗，铺泻在舞台上，衬着你的舞姿，越发撩人。我看着，几乎是醉了。

隔着那么远的距离，却似乎听到了你的话语。像是藏在似花的锦扇之后，轻轻地流动在我耳边。

这浑噩香艳的氛围之下，你依旧轻盈地舞动着，有月光作陪，连云彩也来护卫,它们轻托着你的步伐,萦绕着你的舞姿。偏偏有人要搅乱这份美好的存在。我听见有人大声叫嚷着。我起初并没有在意,这里人声嘈杂,要掩盖寂寞空虚的人那么多,免不了要大声地吵嚷些他们自己都不清楚的事情,说些仿佛可以借着酒醉解千愁的话语。

然而有一个声音,几乎是盖过了所有,剩下的,都是些打趣和不怀好意的暗笑罢了。有人说,要赠你千金。可否?他话未说完,你轻轻地打住,声音像是穿过了似花的锦扇,带着漫不经心的笑,千金无意,公子若是累了,画楼东畔,自是有客房可歇息。

你还是你,千金,只是俗物罢了。

可柳永写下这首词的时候,便当真只是赞美那自小能歌善舞的心娘吗?我看倒也未必。既然相交,是因为相知;相知,是因为懂得。爱怜,是最好的存在方式。

那么,当我们读着一首首柳永的词,抑或是念着他笔下那些婉转玲珑的女子之时,怎知,读的,看的,思量与品评的不是另一个柳永呢?

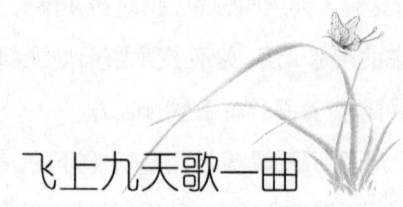

飞上九天歌一曲

木兰花（其二）

佳娘捧板花钿簇。唱出新声群艳伏。金鹅扇掩调累累，文杏梁高尘簌簌。

鸾吟凤啸清相续。管裂弦焦争可逐。何当夜召入连昌，飞上九天歌一曲。

古代传说，天有九重。九天，自是那最高层。

苏轼在《水调歌头》中写道："高处不胜寒。"按此推断，那九天之上的最高处，可该是多么寂寞而寒冷呢？

可无论九天是什么模样，是否真是孤单寂寥，只说"九天"这两个字，于常人而言，该是多么高的一个存在呢？如此这般高的存在，叫人向往，或是追寻，为之攀爬追逐，又是那么的必然。

佳娘，是一个女子的名字。单从这个名字来看，这女子，该是美好且被人称赞的。柳永形容她，唱出的曲子，直叫众多女子也钦佩。这佳娘的身份，不必多言，也是歌楼画舫的一员。

"金鹅扇掩调累累，文杏梁高尘簌簌。"

她浅吟低唱，那歌声震动着舞殿的文杏梁，梁上，有尘土簌簌而下。这歌声，可真是夜夜绕梁，日日有余音了。

柳永将这场景写得这般细致。不知，这乌发上，该沾染了多少尘土呢？

柳永的乌发之上，沾染了多少尘土，我们不得而知。可依着这份赞赏和形容，佳娘的歌声，动听自不言而喻，穿过了层层鹅毛点缀的扇子，传到了听者的心中。

电影《八月迷情》中，小男孩奥古斯特·拉什是位天生的乐者，他对音乐有着极高的感受力和领悟力。他的父亲母亲也都是乐者。母亲，是位大提琴手，父亲，则是摇滚乐团的主唱。他们匆匆一夜，随即又被迫分离。而小奥古斯特刚出生，便被送进了孤儿院，且他的母亲被隐瞒了他存在的事实。他的父亲，甚至不知道他有一个孩子。就是这样的三个人，生活在不同的地点，过着不同的生活，小奥古斯特甚至过着流浪的生活，可音乐和爱，将他们维系在一起。最终，他们三人，终于重逢，在夜幕下的音乐会，静静地听着同一首交响曲。

音乐的力量，叫人动容。虽说，《八月迷情》只是电影，它的情节设置，多是虚构，可这并不妨碍我们理解音乐的美和爱的力量。

吉卜赛人说："时间是用来流浪的，身躯是用来相爱的，生命是用来遗忘的，灵魂是用来歌唱的。"佳娘，她有这份音乐的美。她不是流浪在路上，该是流浪在心上。

"何当夜召入连昌，飞上九天歌一曲。"

柳永用他的笔，道出的，不只是佳娘的心声，还有自己的祝福。

何不去那九天之上，高歌一曲？

有的时候，一个人美不美，不仅是因为相貌，更是因为某些品质。像佳娘这样的女子，虽是小小歌伎，却看着最高处的舞台，向往九天之上的歌声。

她若不美，该是谁美？

人啊，总该记得，要去向哪里，如今占的位子，虽重要而真实，可若是只执着于此，或抱怨，或满足，或欣喜，或感怀，却是止步不前，那无论多美的今时今日，怕是马上要化作昨日时光了。

追求、向上，该印在心上，存于行动中，方对得起这一世性命吧。

宇宙之大，造物之神奇。你我苟活在这世上，多少都有无力之感。像是佳娘，总也不愿成为烟花女子，在小楼画舫中，伴着酒气与各种脂粉香气，每日里，只把歌声婉转地绕在梁上。

她是想要飞在九天之上，尽情地高歌一曲的。

有这份追求、向上之心，境界自会大不相同。生活，也会在悄然之中改变吧。

无意为难彼时彼景的佳娘，改变命运不是一件简单的事情，但"不成""不做"和"不想"，却是三种截然不同的人生。"飞上九天歌一曲"的诗句，实在是该被每一个人铭记在心的良言。

可九天之上，到底寂寞与否，是否清冷一人，我以为，该是上了九天才有资格去评论的事情。很多时候，一些本能完成的目标，或者，可以达成的目的，是被我们自己，或是他人的谣言所夭折在途中的。

就像是，九天之于你我。

有时，迈开脚步并不是为了非要到达哪儿，只是感受那步履的铿锵。人生的答案不在插着旗子的某个目的地，而在行走的途中。年华易逝，空喊无效。不必追逐，只需身随心动。

错过了季节的花朵，就错过了一生最顶峰的绚烂。它们可以嘲笑四季轮回，调侃落入春泥的同伴，却填补不了最痛的遗憾。那些躺在被窝里，嚷嚷着九天清冷九天高寒，不必前去的人，且让他们睡在被窝里。而你，请借着月色，立刻前行。

或许，九天之上，有佳娘，为你扣弦歌之。

往往曲终情未尽

木兰花（其三）

虫娘举措皆温润。每到婆娑偏恃俊。香檀敲缓玉纤迟，画鼓声催莲步紧。

贪为顾盼夸风韵。往往曲终情未尽。坐中年少暗消魂，争问青鸾家远近。

忘情之美，刹那就可以成就永恒。

燃一炉轻烟，袅袅氲氤中，影子把长裙摇曳。翠帘低垂，清雅如兰的芙蓉灯下独坐，从文字中轻轻捕捉那缕馨香，透过前世，浸润今生。夜寂静无声，静静释放出冰清玉洁的忧伤，凝结了一生的剪影，一世情愁。

倾倒尘封的时间口袋，柳永的爱情沸点燃了好几次，仍不知疲倦，不畏伤悲。虽然现实偶尔会背叛承诺，虽然并非所有的相遇都能谱成百年好合，但他从未放弃追逐。

从眼睛到心，距离很远。美丽的容颜见得多了，不会把它作为爱的依据。只有空气中灵动的气息，才能撩动起灵魂的渴望。

"虫娘举措皆温润，每到婆娑偏恃俊。"

虫娘是位颇具才情的女子，虽然她只是一名歌舞伎，不过风雨飘零中的孤单女子。她的命运，或多或少，一眼可望得穿。

白居易在《想东游五十韵》中，描述歌舞伎时，曾言："舞繁红袖凝，歌切翠眉愁。弦管宁容歇，杯盘未许收。"便是再愁再累，酒席间欢唱的模样，总也不能作罢。但这并无妨于文人墨客记录下这些歌舞伎的美态。她们的一颦一笑，她们动人的风姿和神态，后人每每读来，也不免生出几分遐想和流露出几许赞赏。

柳永，便记录了这位唤作"虫娘"的舞者。如今的女子，大概没有被称作虫虫的。在今人看来，虫，这个字，多少有些不雅。可爱些的也只说是毛毛虫罢了，大多也用来形容淘气顽皮的小孩子。可古人不同，他们形容"美"时，总愿以大自然做比，虫鸟花草，都是他们十分喜爱的比拟。

《诗经·卫风·硕人》中，便有用虫的形态，来比美佳人的，例如，"领如蝤蛴""螓首蛾眉"，说的便是，此女子的脖颈粉白，犹如天牛的幼虫，额头方广，眉毛如蛾。

由此可见，"虫虫"得此佳名，该是对她的美，最好的赞许。柳永说她一举一动，都极其温婉柔顺，却偏偏藏着傲气。古人，以俊才自负。能胜千者，才可称之为"俊"。虫虫的傲气，源于对自己的一份自知。

"香檀敲缓玉纤迟，画鼓声催莲步紧。"

温庭筠在《菩萨蛮》中写道："玉纤弹处真珠落。"玉纤，形容女子洁白而纤细的手。虫娘合着檀板轻敲之时变慢的拍子，手的动作也是缓慢的，不尽的低回婉转。然而紧接着，花鼓声促，虫虫便也疾驰着，若回旋之雪。

《南史·齐废帝东昏侯纪》载：潘妃脚小，于是东昏侯就"凿金为莲华以帖地，令潘妃行其上，曰'此步步生莲华也'"。故后称缠过的小脚为"金莲"。虫虫的舞步，若金莲轻舞，又步步生香，该有多少座下宾客，看得心也缭乱。

一曲终了，虫虫仍沉醉在自己的舞蹈之中。情未尽，座下"年少"争着问，不知这位女子，住在何处？

这一支舞曲，醉了观者心，大多不忍离去。然佳人已远，徒留疑问罢了。

柳永在写作此句之时，不知是什么心境。不知他，是否也是座下"年少"之一，求问佳人去向。

虫虫于柳永，该是缠绵悱恻的存在，不久之后，柳永一首《集贤宾》，已表明了心迹。人生漫漫，多想与你偕老，过正常的夫妻生活，即使是最简单的生活都因有你而不同起来。

或许，写下"往往曲终情未尽"之时，柳永与虫虫只是初遇，但这份欣赏与赞美，却是溢于言表。一见倾心，当如黎明吐出第一丝光亮，春天融化第一块寒冰。纯白如雪，天真如初生婴孩。

然柳永毕竟在这深巷浅弄混迹多时，看过不少脂粉香浓，不知，心儿，倦也不倦。

他也曾是一心报国的少年郎，也曾有着一举成名的豪情与壮志，可无奈，仁宗皇帝一句"好去浅斟低唱，何要浮名？"断了他的前程。古时，皇帝是天。天告诉你此路不通，你可如何是好？

柳永他果真"奉旨填词"去了，与这坊间歌舞伎打成一片。

你说，他可是放荡沉沦了？

我看，未必，是真的无可奈何。

另一首关于"虫娘"的词作是《征部乐》，柳永面临又一次科举，他心怀希望。既是为了达成自己的愿望，也是为了给佳人更好的生活。可是，结果并未遂心，"虫娘"作为一个人名，也自此从柳永词里消失了。两人究竟是被现实分隔，还是柔情不再，人们不得而知。

烟花灿烂，却转眼消失于夜幕中，深深地寂寞了天空。

我们今天的悲哀里最苦的东西，是我们昨天的欢乐的回忆。人常说美人迟暮，换个角度想想，虫娘故事的戛然而止也是一件好事，就像很多童话故事的结尾都是王子和公主过着幸福的日子一样，没有日常生活那些不完美。最美丽的画面都已定格，写下的句子坚如磐石，相信她在柳永心里，必然也留下了不能磨灭的一道光辉。爱不是一种结果，而是时时滋生的各种感触，虽然很多人在意的是结果，却也失去了最可贵的触角，把爱情演绎成毫无生气的一道生活程序。

一个平凡的歌舞伎，她的名字因为情人的绝伦词句而流传万世，在千年之后，人们会知道曾有这样一个女子"举措皆温润"，这不失为一种美好。

爱与欲，一个是放手，一个是攥紧。虫娘想必是聪明地选择了前者，做了一个男人心中最美好的女人。

"往往曲终情未尽",致命的吸引让人忘记时间与空间,不敢呼吸,跌落在对方的眼睛里。那曲子就像一根极细的丝线,缠住了心脏,捆住了知觉。旋律早已停了,心却无法抽离。

他在向她微笑,可她却读懂了他的悲伤,目光在滚滚红尘中相遇,灵魂在那一刻深深相拥,成了男人心中永远的红颜知己,至死不忘。生活艰难,能有一双柔情蜜意的眼睛望向自己,也是最大的安慰了。于是他们义无反顾地奔跑在追爱的路程上,尘埃扬起,再缓缓落下,用灵魂谱写了一首爱的歌曲。

也许,忘却终究会取代思念,纯美的爱情诗篇不一定结出漂亮的果实。但爱过,燃烧过,体验过痛着的甜蜜,也便足够了。

缱绻将在柳词里入眠,每当自己把心融入到那种悠闲或忧伤的情调中,感受着那份典雅与兴致,就觉得你离我很近,很近,恍惚中看到你穿越千年风尘,一身白衣,环佩叮咚慢慢地向我走来,走来……

只要千金酬一笑

木兰花(其四)

酥娘一搦腰肢袅。回雪萦尘皆尽妙。几多狎客看无厌,一辈舞童功不到。

星眸顾指精神峭。罗袖迎风身段小。而今长大懒婆娑,只要千金酬一笑。

一个人的笑,究竟可以多美。

善音律的李延年,一曲《佳人歌》,将妹妹美丽的模样,深深刻画在汉武帝的心上,让人的眼前总是幻化出倾城倾国的美貌女子。那位可是曾经修了金屋藏阿娇的汉武帝,亦是,一见倾心,收了尚是平阳公主府中歌姬的卫子夫的汉武帝。

汉武帝多情,听闻李延年的《佳人歌》,叹息着说,世上,真的有此佳人吗?李延年的《佳人歌》究竟有什么魔力?

北方有佳人,绝世而独立,一顾倾人城,再顾倾人国。
宁不知倾城与倾国,佳人难再得。

今天的我们,文字读得多了,便越发不晓得文字的含意和寓意了。或许,在我们看来几个字所能表达出的形象和情感,倒不如一些简单的直奔主题的动作更加形象,或是动人。

倾城倾国,源自此曲。如今,但凡懂些文字,读过些书的,形容美女之时,动辄倾城倾国。可倾城倾国是个什么模样,她的顾盼,几多流光溢彩?怕是没有人琢磨过。文字泛滥的今天,谁说,不是失去了文字本身的价值和意义呢?

李延年高唱着,北方有一位佳人啊,她回眸轻笑,只消得望上一眼,一座城便要因为她而倾倒,若她再回望一眼,一个国家也难逃此命数。可无论是倒了城市,亡了家国,都不及一个她啊,自是,十足的"难再得"。真是难得的爱江山不如爱美人。

柳永奉了皇命,且去填词,该是见了不少歌舞伎。酥娘便是其中一位。柳永说她,千金,才得一笑。这样的美,带着高不可攀的诱人意味。一曲《佳人歌》,成就了后来的李夫人。她的一笑,不是千金,胜似千金。

女子若是深得君王心事,这一颦一笑,便背负了家国。因为,他统治家国。可他的喜怒,偏偏愿意着落在你的身上。

烽火戏诸侯的故事,不是旧谈。便是如今,人们茶余饭后,总要说上两句,长叹那褒姒的美貌,或是那周幽王的可笑。可笑吗?他只是愿意千金酬一笑罢了。可笑啊,这千金不仅酬得一笑,更把整个山河的未来酬给了别人。褒姒没有错。不爱笑,有错吗?何况,褒姒有她不笑的理由。难道笑了灭国就是她的错?

褒姒难以适应繁文缛节的"囚笼"生活,因为王宫看起来繁花似锦,实则腐朽糜烂。那尔虞我诈的争斗,僵硬了佳人的表情;那曲意逢迎的问候,冷漠了美人的容颜。她只是一个正常的小女人,也许她的世界很简单,只是想过正常的日子而已。

怀有如此压抑的心情,怎能让褒姒笑口常开?自己的养父被太子所杀,所以在褒姒的心中更是埋下了忧恨的种子,便很少露出笑容。即便有,也只是仓促间,偶尔一笑罢了。

其实,褒姒的冷艳,未尝不是她鹤立鸡群的闪耀之处,她的身上具有一种宫廷女子难得的美——无论她是传说中的"妖",还是史书中的"人"。倒是那周幽王,不懂得欣赏孤傲之美,不懂得品啜含蓄之味,非要

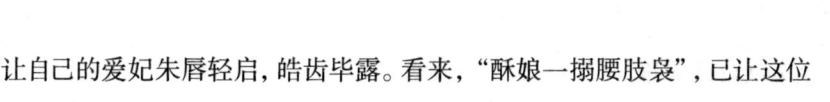

让自己的爱妃朱唇轻启，皓齿毕露。看来，"酥娘一搦腰肢袅"，已让这位君王丧失了理智，难以摆脱被褒姒致命吸引的魔咒。

终于，在悬赏千金的诏令之下，有人出了一个史上最馊的主意——用假信息戏弄诸侯，这才让褒姒笑了出来。据说那一笑，"有百二十种媚"。所以，后人往往将褒姒和妲己归为"红颜祸水"之流，因为这一笑，岂止是千金可以买到的，这是拿国土和王位换来的。

那么，褒姒在城墙上的嫣然一笑是开心的吗？想来也许未必，以褒姒的坎坷经历而言，她的亡国之笑很可能是耻笑、冷笑，未必就是她发自内心的开怀之笑。然而就是为了这种世间少有的媚态，周幽王付出了沉重的代价并由此进入了"亡国之君"的行列。

当然，对于周幽王来说，能够让心爱的女人放声一笑，或许比君临天下、八方朝拜还要让人觉得快慰。所以，究竟褒姒笑的本意是什么，后果是什么，周幽王也许并不在意。他所要得到的，只是作为一个男人取悦女人的最高境界——献出全部的事业来博得红颜的欢心。

"千金"，无论在哪朝哪代，都是一个让人咋舌的数目。用如此丰厚的财富去换取美人一笑，实在是不惜血本的疯狂之举。难怪，人们常把女儿称为"千金"，想来这也是有缘由的。尽管千金难求，但在很多男人眼中，能够用千金去博得美人的欢心，无疑是一件开心的事情。因为美人的一笑，是那么令人销魂，那么令人过目难忘。

"回雪萦尘皆尽妙"，尤物之美，能够让天地暗淡，让日月无光，让百花自惭形秽。其中的婀娜多姿，其中的万般妩媚，恐怕只有目睹的人才能心旌摇荡，终生难忘。在这万丈光芒之中，纵有再多的珠宝银两，怕也难以与之争辉。因而，用千金去换"一笑"，未尝不合情理。

美人是用来观赏的，如同笼中鸟、池中鱼，自生来带着一股子稀罕之气，让赏玩者沉溺其中、不能自已。当然，美人的魅力绝不是后二者可以比的，无论是空灵的鸣叫，还是夺目的金鳞，都不能与那顾盼的哀怨和回眸一笑的杀伤力相提并论。在男人眼中，美人的美可以超越现实，上升到极致。

美人从上到下，自然都是出类拔萃的，不过最能牵动人心的，恐是那泛着桃红的笑靥。

笑，几乎是人类通用的语言，也许除了个别的异族，这种千娇百媚的表情都是传递友好信息的共同标志。对别人笑，是友好；对自己笑，是自信。两个语言不通的人，也许相对一笑就能解除所有的误会和敌意，继而成为荣辱与共的朋友。对于青年男女来说，笑更是蕴藏着情愫的暗示，是暧昧之举的先兆。

笑，本身就是饱含积极情感交换的魅力之源，而女人的笑则是让男人着迷的魅力之眼，美人的笑更是让万物失去光泽。在笑这道无限的风景中，人的情绪被一次次调动和点燃，最终陶醉在笑的泥淖中无力自拔。最爱女人的古龙也说：爱笑的女子，运气不会太差。男人有时如同候鸟，只是寻求着温暖的方向。

这样，一个看似经意或不经意就传递了情感色彩的表情，成为让人魂牵梦萦的致命诱惑。轻启朱唇的魅惑，皓齿徐现的娇媚，以及那在婉转间流露出的或真或假的小放肆……都是那么富有诗情画意。于是，情感在瞬间的唇齿变化中悄然绽露，像被风揉碎的一团花粉，朝着人心扑面而去，然后四散在空气中。

笑，在恍惚间承载了勾引和诱惑的奥义，也成了人们在交流中最为渴求的回应。为了这回应，出现了更多的笑，有虚假的，有逢迎的，有刻意为之的……而他们赢取到的笑，其间能有几多真情？

自古以来，男人追逐女人是永远不变的自然规律和社会现象，为了倾城倾国之貌，男人不仅费尽口舌，倾其所有，甚至有人还搭上了前途和性命。"千金酬一笑"，只是一个融化于历史典故中的缩影罢了。为了得到心爱的女人，头脑发热的男人几乎什么事情都能做出来。"烽火戏诸侯"是亡国的经典案例，"冲冠一怒为红颜"也是改写历史的著名桥段。

遥想当初，吴三桂率领精锐部队准备投靠李自成之际，在行军的路上偶遇家仆，意外得知了爱妾陈圆圆被农民军将领刘宗敏霸占的消息。顿时，吴三桂如遭晴天霹雳一般：自己的女人被他人染指，这简直是无法容忍的奇耻大辱。于是，吴三桂在热血迸发之中，终于决定归顺多尔衮，继而

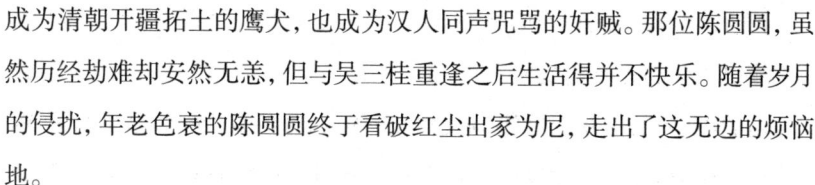

第二章 此情不关风与月

成为清朝开疆拓土的鹰犬,也成为汉人同声咒骂的奸贼。那位陈圆圆,虽然历经劫难却安然无恙,但与吴三桂重逢之后生活得并不快乐。随着岁月的侵扰,年老色衰的陈圆圆终于看破红尘出家为尼,走出了这无边的烦恼地。

可见,为女人,男人是甘冒风险、甘当一切的。无论是江山社稷,还是忠义气节,往往会被石榴裙的翩然摇曳所扭转,更会被那摄人心魄的笑容所蛊惑。于是,身不由己;于是,夜不能寐;于是,硝烟起于脂粉。

杜牧曾有诗作:

> 长安回望绣成堆,山顶千门次第开。
> 一骑红尘妃子笑,无人知是荔枝来。
>
> ——《过华清宫绝句三首》(其一)

望见"一骑红尘",欣然而笑的丰腴女子,她的一笑所含分量,比之褒姒,不相上下。

《新唐书·杨贵妃传》记载"妃嗜荔枝,必欲生致之,乃置骑传送,走数千里,味未变,已至京师"。今日读来,只见得荔枝鲜美,可瞧见,这颗颗鲜荔枝之下,多少差官累死、驿马倒毙。这千金买笑代价有多大,这爱意和宠意便有多深。自京城眺望骊山,佳木葱茏,花叶繁茂,富丽堂皇的建筑,掩映其间,鳞次栉比,宛如一堆锦绣。忽而,骊山的门,一扇扇打开,夹杂着飞扬而起的尘土,原是新鲜的荔枝被送来。贵妃,笑了。

后人读此诗,总爱评论说,杜牧的这首诗,抨击了封建统治者的骄奢淫逸和昏庸无道,以史讽今,警戒世君。

骄奢淫逸是真,昏庸无道也不无道理。可这份千金一笑的爱,总该是生动的,又带着鲜血淋漓的快意。

再说柳永,他笔下的女子,总是极其美好的。不是画笔难以描摹的虫虫,便是让那掌上飞舞的女子也嫉妒的佳娘。酥娘也是其中一位。她腰肢细弱,舞姿曼妙。便说笑容吧,千金,只可买一笑。

143

柳永的形容,颇费一番笔墨。若后人看,不过是烟花中的一个女子罢了。或许,是相知,懂得罢了。

俗语说,情人眼里出西施。在柳永看来,这些各有千秋的烟花女子,也该是极其优秀的,只是出身不好罢了。可是那都不影响她们的美丽,在他的眼里,美丽的事物是和出身无关的。

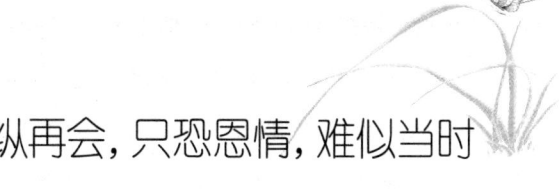

纵再会，只恐恩情，难似当时

驻马听

凤枕鸾帷。二三载，如鱼似水相知。良天好景，深怜多爱，无非尽意依随。
奈何伊。恣性灵、忒煞些儿。无事孜煎，万回千度，怎忍分离。
而今渐行渐远，渐觉虽悔难追。漫寄消寄息，终久奚为。
也拟重论缱绻，争奈翻覆思维。纵再会，只恐恩情，难似当时。

曾听人说过这样一句话："我们害怕离别，并不是怕再不相见，而是怕再见到你时，你不再是当年的你，我亦不再是从前的我。"

年少时不懂，总暗自思忖，同样的人，纵是会变，也只是容貌上的变化和思想上的成熟，这是人生必经的状态，有什么好叹息的。可是当自己经历了成长，看过了聚聚散散物是人非之后，再看这句话，终于也只剩下了一声叹息。

"纵再会，只恐恩情，难似当时。"

后来读柳永，看到这一句，忍不住反复吟诵，过往的人和事一幕幕清晰无比如昨日重现，而心底的凄楚也像是找到了最终的归宿一般，一浪接一浪，打得人溃不成军。

原来那段不曾相伴的时光，并不是来去无痕如流水淌过，那是刻在生命中的一段空白，见证我们在彼此生命中的缺席。再深的感情，只怕也要被这样一段空白折磨得面目全非吧！

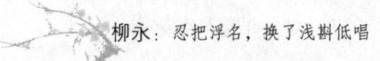

当一千年前柳永一语中的击中今天的众人,他便不再是奉旨填词的柳三变,而是真正变成了文采风流今尚存的白衣卿相。

当时世人皆说柳词艳俗,而现在看来,他更多的是写出了人世的悲苦,首首都是"情深不寿"的真实写照。出身和生活的环境决定着柳永词的色彩。

读这阕《驻马听》,便仿佛能看到独处深闺的愁妇,整日里对镜叹息,字字句句皆是对薄幸郎的爱恨交织。比起《诗经》里的声声含泪的弃妇诗也毫不逊色,只是他的控诉,更带了风花雪月的浪漫,爱意绵长的深情。

"凤枕鸾帷。二三载,如鱼似水相知。良天好景,深怜多爱,无非尽意依随。奈何伊。恣性灵、忒煞些儿。无事孜煎,万回千度,怎忍分离。"

相遇后,最初的两三年,在女子看来两人爱情甜蜜,生活美满,相知相许,"如鱼似水"。只是在当时的时代背景下,女子生来地位就不比男子,面对种种不如意,作为附庸,她只能"尽意依随"。然而这样的委曲求全并没有挽回她的爱情,薄幸郎自小受到的教育令他对"始乱终弃"这个词没有任何负罪感,最终还是任性绝情,抛弃了女子。

许是之前的浓情蜜意,对女子来说是此生最炽热的情感迸发,许是在当时的时代背景下,女子都被三从四德捆绑住思想。她在被抛弃后,仍然心心念念,不愿忘却前尘。千回百转,每每思来,只剩下"怎忍分离"的疑问。

怎忍分离呢?

对薄幸郎来说,或许是家里安排了一桩门当户对的亲事,或许是遇见了另一个相看两不厌的秀美女子,或许仅仅是厌倦了这一个低眉顺眼逆来顺受的小女人,想要摆脱这段纠缠。

是的,对他来说,这或许仅仅是一段你情我愿的纠缠,可是用尽全力如飞蛾扑火般释放爱意的女子却当这是一生一次的赌注。你轻易离开,不过是结束了人生旅途中一场相遇的盛宴。而对于她,却是生命开始枯萎的标志,从此"日日思君不见君"。

而今渐行渐远,渐觉虽悔难追。

"也拟重论缱绻,争奈翻覆思维。纵再会,只恐恩情,难似当时。"

整个下阕,都是女子被弃后清醒无比的思考,或者说,是柳永身处女子角度,对事件清晰无比的陈述。

她明白事到如今两人距离越来越远,后悔也于事无补。以男人薄情寡义的性情,就是寄出求和的信件,也不会再挽回什么。她也想过和男子能重修旧好,"重论缱绻",可"翻覆思维",她得出的结论,清醒而伤人。

她说:纵再会,只恐恩情,难似当时。

爱柳七的词,是爱他那份先知一般的清醒。

他与人分离,人未走便早已料到"此去经年,应是良辰、好景虚设"。不会快乐,因为没有了知心人,所有的节日都只是徒增感伤罢了。而此时被抛弃,他也早为女子想好:"纵再会,只恐恩情,难似当时。"像是破镜难重圆、覆水难再收一般锋利决绝的话语,让人避无可避。

谁说他终日混迹于声色犬马之中、钟情于饮酒作乐填香艳下流之词?

他活得比谁都深刻,看得比谁都清楚,越是在这寻花问柳之地,越是看得出人性中的高洁与泥污。他用真心真情去体会社会最下层人群的疾苦,也用最美的词句歌颂这些人的形象,是真正的风流才子,浪人侠士。

读完这阕词,忽然想到张爱玲和胡兰成的爱情。那个文采飞扬惊世骇俗的女子,一开始,也是"见了他,她变得很低很低,低到尘埃里,但她心里是欢喜的,从尘埃里开出花来"。当她知道了护士小周的存在时,她也是想过挽留的。直到最后,她决绝地提出离婚,理智地斩断与胡兰成的联系,我想她定是明白这阕词的。

她定是明白:纵再会,只恐恩情,难似当时。

当我们在作品中寻找到强烈的共鸣时,我相信,作者所书写的,便不只是文字,还有一段段真情。柳永的情真意切,就藏在字里行间,令读者口颊生香。

爱情很短,叹息却很长。

人散后,新月依旧如钩。淡然处之是一句心灵的口号,不求真的做到,但求有此觉悟。举起一把刀,将自己的今天和昨天切断,泪水虽然喷涌而出，但却成全了理智，让生活重归有序。

对于坍塌的陈年往事，就不要抚爱太多了吧，生活总要继续。或许，正当你觉得一切皆休，却会有春天悄然降临。

情到深处人孤独。

第二章 此情不关风与月

思心欲碎,愁泪难收

诉衷情

一声画角日西曛。催促掩朱门。不堪更倚危阑,肠断已消魂。
年渐晚,雁空频。问无因。思心欲碎,愁泪难收,又是黄昏。

常言道:天下无不散之筵席。

当轮船、火车、汽车、飞机可以带我们去这个世界的任意地点时,当电话、电脑充斥我们生活的各个角落时,我们面对离别,总是有种定不会断了联络的从容和笃定。因为高科技的存在,我们的生活真正实现了沟通无限。

然而若是历史向后倒退一千年呢?

在没有便利快捷的交通工具和通信工具的古代,面对离别,除了珍之重之的叮嘱,更多的是怀有不知何时再见的苍凉。也许从此你我天涯海角各有一片天地,只是,永不会出现在彼此的生命里。不是不愿,是不能。

每一次的离别,都或许是永别,无怪乎古人会依依不舍,修十里长亭,专为送别了。毕竟人生有那么多的不确定,令人总忍不住执手再走一段,多片刻相处,也是好的。

柳永的《诉衷情》,则是典型的闺怨词。它讲述的,是离别之后的事情,柳七善于借景抒情,将怨妇思夫的心情,刻画得入木三分。

画角声起,夕阳斜,一天又到尽头,该是关门闭户,入梦好眠的时刻。而站在高楼凭栏远眺的少妇,却是一脸愁容。令她深切思念的人,远在他乡,不知近况。

古时的离别,便是这样的孤寂又无奈。

想着你回来,不知你何时回来。更难过的,不知你会不会回来。

这样的感情和惦念,不知碎了多少不尽的相思。可这样的感情和惦念,古时女子大都逃脱不了。譬如,一代女词人,李清照。

青春正好的李清照与当时的宰相之子赵明诚结婚了。

他们两人虽也是父母之命,媒妁之言,可一样的才情和相同的金石之好,使得他们的新婚生活甜蜜不已。

然而赵明诚毕竟是太学生,平时居住在太学院,不能回家。每月只有初一或十五才可以请假,与李清照相聚。

平日里,李清照一人,不知留下多少个夕阳西下的寂寥身影。

站在阁楼之上,遥遥望着,那条归人路。虽然他只有在初一或十五回来,然而,我的思念之心,却叫我日日等待你。

果真是应了仓央嘉措的那句诗文,你见,或者不见我,我就在那里。

对这些思念深深的女子而言,便该是,你在,或者不在,我都在念你。

赵明诚回到家中,便携了李清照外出,二人一同去集市挑选购买些喜欢的金石碑文,再一同叹赏研究,真真是伉俪情深。

生活若是有共同的兴趣和爱好,总是多了一份懂得存在于其中。像是胡兰成懂得了张爱玲。像是张爱玲将自己陷在卑微的泥土里,因着他的爱意,生出一朵花来。

爱情,就是这般的卑微无力,却生机盎然。

赵明诚在家中短暂地与李清照相聚,便要返回太学院。

李清照,自是思念的。这情,也被她记在了诗文中。

> 湖上风来波浩渺。秋已暮、红稀香少。水光山色与人亲,说不尽、无穷好。 莲子已成荷叶老。青露洗、蘋花汀草。眠沙鸥鹭不回头,似也恨、

人归早。

——《怨王孙》

李清照独居都城汴京,只见庭院深深,锁暮春,心头离别思绪,又哪里诉说。

这情深意长,便化作阁楼西畔的身影。

我不在乎那暮春花儿衰败的景色。只愿,从白天守到月明,等你归来。

"年渐晚,雁空频。问无因。思心欲碎,愁泪难收,又是黄昏。"

眼看着今年就要到头,新年马上来临,大雁频频飞来,却没有一只带来他的消息,团圆年的时候,他会回来吗?就在这样的胡思乱想之中,一天终于又将过去。不知何时早已泪流满面,心都要为那远方的人揉碎了,却仍是没有一点消息。

思念,本是伤心之事。若是恰逢假日,可真是愈加寂寞悲苦了。

诗人王维,早年离家独自在外求学,便曾发出"每逢佳节倍思亲"的感慨。诗人多情,这思念之情,较之常人,或许,更加切肤浸心。

红叶题诗的故事,像是黑夜里的一道光,劈开照亮白头宫女寂寞孤单的相思意。

流水何太急,深宫尽日闲。
殷勤谢红叶,好去到人间。

——《题红叶》

相传,唐末僖宗年间,进士李茵在御苑边游走。偶见一片红叶,自御河流淌。他弯下身子,拾起此红叶,见有诗歌题于其上,心生爱怜,便夹在了书页之中。后于战乱中在百姓家中暂避,谁知遇到名为云芳子的宫中侍书。

云芳子貌美而娴雅,与李茵甚为投缘。一日,偶然得见李茵的藏叶,又惊又喜,原来,她就是题诗于红叶上的人。

这故事,虽是传说,却真是应了那句,有缘千里来相会的佳言。

可自古，相会，便会有别离。谁也难逃此命运。

后云芳子偶遇宦官，被认出并被强行带走。思念之心急切，云芳子自刎而亡，以魂魄，相偕于李茵。

如此，相思有时是很重的，重得便立成一座碑，日日等你于高楼之上，独自远眺。有时，却是极轻的，轻得便只剩下魂魄，与你相偕相依。

共有海约山盟

洞仙歌

　　佳景留心惯。况少年彼此，风情非浅。有笙歌巷陌，绮罗庭院。倾城巧笑如花面。恣雅态、明眸回美盼。同心绾。算国艳仙材，翻恨相逢晚。

　　缱绻。洞房悄悄，绣被重重，夜永欢馀，共有海约山盟，记得翠云偷翦。和鸣彩凤于飞燕。间柳径花阴携手遍。情眷恋。向其间、密约轻怜事何限。忍聚散。况已结深深愿。愿人间天上，暮云朝雨长相见。

若我问，此时看着我的文字的你，相信海誓山盟吗？你会如何回答？

回答"相信"的时候，会不会有些许迟疑与不确定？回答"不相信"的时候，又会不会有一丝隐约的期待？

旁观时，总觉得那是笑话吧，或是自欺欺人的游戏。可情到浓时，说也说了，信也信了，即使最后没有成真，无情的尘土掩埋了短暂活跃的激素，可回忆起来，倒也算是疯狂爱过的证明。

阳光沉沉浮浮，穿透往事。或缠绵或忧伤的流行曲唱烂了每一条大街，连不懂事的小孩子也会哼唱几句，爱情却不肯轻易结出果实。因为稀缺，所以人人渴望。

好了，本就不需那么严肃。仔细想想，所谓海誓山盟，就是用来作为信念的，至于能否实现，是另外一码事。

现实喜欢跑出来恶作剧，但人们还是愿意看见梦想者。所以海誓山盟，

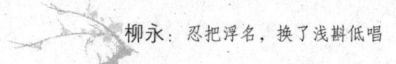

只要不是心怀鬼胎的骗局,我都愿意把它作为最悦耳的情话。

作为才子的柳永,情话当然也说得好。可是,你的冷漠刺痛我的心,忧伤在暗处行走。自由生长的寂寞,秋水伊人。

于是,试着遗忘。

记忆和爱情,像是纠缠的翅膀紧紧拥抱。

长袖揽月,月在青天。消瘦的清风里,唯有我歌,我舞,我心燃烧。

暂且喝一杯吧。举起那相思和伤愁,饮下去。

饮下去,那个住在心里的人就不见了。饮下去,酒就醇了。

风吹来,吹乱了伊人长长的青丝缕缕。

柳永的诗词,本就婉约。寻常的花花草草,经他的笔,便添了些旖旎和朦胧。他写这洞房花烛的夜,写这夜下欢好之时的海誓山盟。不知写的是谁家娇娘。

柳永潦倒之际,是众烟花女子凑钱去探望。他的这一生情,该许给了多少女子,总非一人。这海誓山盟,不知是谁人的甜蜜?

浮生若梦。

一个人的内心经历了悲悯,天空就清澈起来。

雨横风狂,人生多舛。纷扰乱世中,喧闹京城于我,终是一片荒芜。让心灵抵达某种高度。没有鲜花铺就的道路,静静地淌过岁月。

散花吹馨,千幻顿醒。淡漠了哀愁,直至零落成泥。

一切好好的,你说。

一切好好的,我说。

或许多年后,你我一身素衣,倚花而立。叹昨梦如昔……

悲伤的尽头是希望。风把幸福吹散了,却吹不散你合十的手掌。

好了,现在再问一个问题。

如果没有彼岸,你是会收起翅膀,还是仍然选择飞翔?

想娇魂媚魄非远

离别难

　　花谢水流倏忽，嗟年少光阴。有天然、蕙质兰心。美韶容、何啻值千金。便因甚、翠弱红衰，缠绵香体，都不胜任。算神仙、五色灵丹无验，中路委瓶簪。

　　人悄悄，夜沉沉。闭香闺、永弃鸳衾。想娇魂媚魄非远，纵洪都方士也难寻。最苦是、好景良天，尊前歌笑，空想遗音。望断处，杳杳巫峰十二，千古暮云深。

　　但凡人总逃不过生离死别的，而遇上这样一个文采风流的男子，即使天人永隔，能得他的一阕词，一段永不相忘的记忆，便也是甘愿的吧！

　　柳永对于歌伎，是真正精神上的叹唱，是救赎一般的存在。

　　这是一首典型的悼亡诗，对象却不是亡妻，而是那个时代背景下，最没有社会地位的一类人——妓女。

　　浪荡于秦楼楚馆的人，无论是达官显宦抑或是酸腐文人，他们的骨子里便没有尊重女性这一说，更不要说终日沉浸在声色场所的卖笑女。这里的女人，更像是一件货物，即使是死了，在他们眼中，也不过是件不能再用的物品罢了。

　　在这样的大环境里，歌伎纵是个个心比天高，也都逃不过最终的命比纸薄。

然而柳永出现了，他一面轻摇纸扇，扬起唇角叹着"奉旨填词柳三变"，一面轻皱双眉，将伶人的悲苦全看在眼里，记在心上，也写进了词中。歌女视他为恩人知己，他当歌女是红粉佳人。

"花谢水流倏忽，嗟年少光阴。有天然、蕙质兰心。美韶容、何啻值千金。便因甚、翠弱红衰，缠绵香体，都不胜任。算神仙、五色灵丹无验，中路委瓶簪。"

天生丽质，蕙质兰心的绝代佳人与风流倜傥的多情词人互生爱慕，暗生情愫。这本是一切"才子佳人"类故事脚本的开端。可也许是造化弄人吧，从前容颜姣好千金不换的美人却逃不过命里的劫数，没能走向花好月圆的故事结尾。

当她缠绵病榻容颜不再、身体羸弱得连素日常穿戴的衣饰都支撑不起时，绝望将人逼至墙角，他也只能束手无策地站在墙角看着，心知即便是神仙拿了起死回生的丹药也无力回天，他只能站在那里，站在她能看见的地方。歌女最终还是没能熬过那场艰险的抢夺赛，在其最美的青春年华里，溘然长逝。

烟花之地的丝竹笙箫，并没有因一个歌女的香消玉殒而停歇脚步，甚至连悲切伤感之音都没有流露半分。可是柳永却分明听到了，泣血掉泪的哀乐飘浮于靡靡之音上空，诉说着女子的悲情一生。

人悄悄，夜沉沉。闭香闺、永弃鸳衾。想娇魂媚魄非远，纵洪都方士也难寻。最苦是、好景良天，尊前歌笑，空想遗音。望断处，杳杳巫峰十二，千古暮云深。

终于是人去楼空，后半夜的妓院像是座巨大的坟，处处显露着灰败的迹象，这也确实是座坟，葬着无数女子挣扎呻吟的灵魂。杯盘狼藉的表象掩不住女子死亡的消息，郑重关上女子香闺的木门，这是最后一次道别，他情真意切，悲痛欲绝。

他转身看向死气沉沉的院景，终于忍不住轻叹出声：

想娇魂媚魄非远。

这是一句最无能为力的追思,却意外地打动人心。

当那个和你真情互许的人永远只能躺在冰冷的土地里,再也不会在你吟诗时奏琴相和,你作画时研磨在旁,你困倦时搭上薄被,你难过时温暖胸膛,甚至你无法再感受到她的气息,不能在需要力量时握住她的手臂,你终于明白,这才是真正意义上的两个世界。

可是还是有舍不得,撕心裂肺的舍不得。于是,只能寄情于她的魂魄,在心里一遍遍地安慰自己,她的魂魄就在身旁飘荡,离我还是从前那样暖人心房的距离。可是,便是去寻来那法术高明的术士,亦不能再见上一面了吧!

只是佳人啊,你不知道吧!自你离世之后,我不怕午夜梦回时的空虚怀抱,不怕他人欺凌时的嘲讽轻笑。我最怕的,是每逢佳节酒宴,其他女子对酒当歌巧笑倩兮的身影。看着她们,我总是忍不住要想你,想你也曾这般回眸轻笑,也曾这般纵情起舞。可是没有用啊,纵是日思夜想,我也再不能见上你一面了啊。

战国时宋玉曾写《神女赋》,写了楚襄王和巫山神女的遇合。

你不知,我是多么羡慕那楚襄王得见神女,相会共欢。便也痴人说梦,想着能与你在某处共赴瑶池。只是楚襄王之后,就再没听说有谁又见到神女,只怕我想与你会面,也只能是镜花水月,皆是空谈吧。

读柳七的诗,总是忍不住将他想成情圣的模样,也只有动了情的人,才有写出"忍把浮名,换了浅斟低唱"的魄力。有人说柳词只写风花雪月,太过小家子气,我倒是认为,能写出不要功名利禄,只愿纵情声色的柳永,才是真性情,是大丈夫。他远比那些白日里满嘴礼义道德,入夜便摸入香闺的酸腐文人的心胸宽广得多。

他的心胸,容得下世上最污秽角落里的辛酸悲歌,便值得向来被说成无情无义的伶人为他半城缟素,一片哀声送葬厚礼,也值得每年清明,歌伎相约共赴"吊柳会"对他的一片深情。

第二二章 不如怜取眼前人

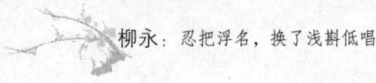

恐冷落、旧时心

燕归梁

织锦裁编写意深。字值千金。一回披玩一愁吟。肠成结、泪盈襟。

幽欢已散前期远,无憀赖、是而今。密凭归雁寄芳音。恐冷落、旧时心。

　　看不见那时的明月,听不到那日的琴声。寂寞如水的夜色,迷离,凄凉,烟锁重楼。隔开红尘,在清澈的时空之外,独自徘徊,怅惘……

　　《红楼梦》里说女儿是水做的,可是,有时候偏偏觉得,女儿是宋词做的,清丽婉转,如梦似幻,忧伤而情意绵长。一声叹息,百花为之凋零,一滴泪能让花蕊吐芳。

　　今夜,幽梦断魂,谁在弹奏这一世的流年?

　　一步之差,只能相思,不能相爱。一念之差,放不下彼此的牵挂。把我放逐天涯。你说"心不由己,等你三世,彼岸花变成此岸花"。我仰首轻叹,错过了今生,来生一定不离不弃,于你的怀中书写爱的佳话。我仿佛看到柳七在低吟,仿佛看到他正在与一个女子分别,这样的画面在我眼前萦绕,仿佛在叙述着他的爱情。

　　柳词,透过历史的沧桑,穿越时空的隧道,走入了我的心头。长长短短间,淋漓尽致地进行了一次心灵的会话。

　　小令,有小令的清新——短小精悍,彰显了轻快明朗的风格。

　　长调,有长调的隽永——铺陈其事,描绘了或喜或忧的情绪。

第三章 不如怜取眼前人

柳永的长调，径直来到我的面前，如陈年老酒，醇，香气四溢，扑面而来，羁旅之思，离恨之苦，便跃入眼帘。

"重湖叠巘清嘉。有三秋桂子，十里荷花。羌管弄晴，菱歌泛夜，嬉嬉钓叟莲娃。"钱塘的美景，便活灵活现地映在脑海中了，也难怪完颜亮会起心南攻了。

柳七的词，在我的心头荡漾，泛起了丝丝涟漪。

这首《燕归梁》写于柳七旅居在外的时候，当长年羁旅，当时光流逝，他收到了远方的情人托人寄来的书信。展信细看，不由心下怅然，相思倾满。

织锦回文是个出了名的典故，晋朝有个人名叫窦滔，娶了个才女当妻子，姓苏名蕙，字若兰。当窦滔被贬到外地当官时，她因为相思难抑，便织了一段锦，上面八百四十个字，回环往复，句句成诗，字字思意。看来这位女子不仅是才女，更是女红里的佼佼者。柳七用这个典故，意在说他那位情人和苏蕙有同出一脉的相思之情。

有人说，爱情像水，温柔明亮；也有人说，爱情像酒，越久越醇；还有人说，爱情像风，来去无踪。思念中的爱情像什么呢？在柳七的眼中，心里的字字句句，都价值千金。每逢他也思念起这位情人，他便有所寄托地将书信拿出来阅读把玩，宛如解语花般的情人就在身侧一般。念及她的温柔体贴，他便觉得五内俱焚，柔肠寸断。可是又有什么办法呢，明月千里寄相思，只能凭借鸿雁传书，稍稍慰藉几分相思之意罢了。女人的思念似乎都喜欢通过这种方式来表达，想起朱淑真的那首《圈儿词》，满纸的圈儿就是满纸的思念，虽然没有一个字，却把思念表现得淋漓尽致，将男女的无限相思表达得很美。如果情郎是柳永也许可以解读得更美吧！每一个女子思念情郎都会有自己的表达方式，不管是才女如李清照还是画相思圈的女子。

《燕归梁》，那肠结泪襟的愁绪，那欢愉退却一切望眼尘埃的悲凉。劳燕是否就只能纷飞？

柳永眉头紧皱，几乎无计可施。思念成疾，辗转反侧的夜晚里，一会儿欢喜，一会儿忧愁。欢喜是念起他们过往的美好时光，不由自主唇角上翘；而忧愁却是担心自己如今身在千里之外，若是出现了比他更好更深情的情郎，她会不会移情别恋呢？还是会对他一往情深，念念不忘呢？想起分别时竟然不敢回头，那是一种怎样的害怕别离。

直面生活，柳永毫不掩饰自己的感情，口无遮拦地唱出了自己的心声。这种心绪，几乎是所有分隔两地的恋人的通病。现代人的离别之痛不比古代人少。长门一步地，尚不肯暂回车，何况这么遥远呢？距离是现代人分手的最好借口，两地分居相思难挨寂寞难耐，一切都自然而然，一切都合情合理。

到了如今，也还是有人感叹：异地恋伤不起啊伤不起。因为时间和空间似乎是检验爱情的最好的砝码，公不公平很容易体现。是的，分隔两地的恋爱，经受考验的不仅是爱情，还有两个人的性情、内涵、为人处世的各种方式。因为相隔着千里万里，除了电话里的寥寥数语、QQ上的文字符号，便再无其他什么沟通。对方到底发生了什么事情，过得怎样，若是不说，便只能猜测。想着想着，往往就进入了胡思乱想的轨道，电话里的某一句话，都被猜测出某种情绪，加以罪名，如此放大，然后便开始争执，可爱在那里，到底放不下，于是又和好。可重圆的破镜也到底是有裂痕了，周而复始，往复循环，到最后两个人都觉得心灰意冷，只能挥泪斩情丝。

在通信发达的如今都是如此，更何况是在柳七那个朝代了。因而他写道："恐冷落、旧时心。"他的苦衷，是可以被理解的。所以，若不能承受离别带来的后果，那便不要轻言离别。谁都不知道，下一个瞬间，命运是不是就发生了天翻地覆的变化。

虽然离别的这种担忧谁都会有，都会有那种心理恐慌，这是相爱的两个人的正常心理。可是，你相信真爱吗？真正的爱情无关距离，无关科技的便利，爱情在于同心，在于坚持。若双方都"不管你怎么样，我是矢志不渝的"，那么，即使隔了千里万里，你们也会白首永不离，做生生世世独一无二的一双人——别人的王子、公主是别人的，与你没有关系。思念是留给岁月去等待的，挂念则是留给爱去担当的。他们用自己的爱，担当起自己的爱。

月华如练。

你我醉饮午夜楼台。迷离的箫音,飞舞的剑光,惊醒夜的痴狂。风盈袖,落花飞满了天。欲说还休,这絮乱的心思,为谁留恋?

酒已千觞。清泪成行。

与君一别,他朝两两相忘啊。纵然今夜,纵然,明月朗朗。把酒失盏,别离的愁绪掩映红颜。就这样醉了吧,醉了也罢。

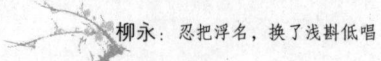

永结同心偕老

前几日,无意间翻看柳永词,映入眼帘的正好是这首《八六子》。起初,我对这个题目暗自窃笑,八六子,名字听起来就有喜感。但是,当我读完整篇词后,一种苦涩的情感在我的心头逐渐蔓延开来,我的心好似猛然收缩,然后渐渐展开,痛痒酸麻。

> 如花貌。当来便约,永结同心偕老。为妙年、俊格聪明,凌厉多方怜爱,何期养成心性近,元来都不相表。渐作分飞计料。　稍觉因情难供,恁殛恼。争克罢同欢笑。已是断弦尤续,覆水难收,常向人前诵谈,空遣时传音耗。漫悔懊。此事何时坏了。
>
> ——《八六子》

柳永这首词,写的是他无法压抑的相思之苦。他用那些无比惆怅的词语,组合成了这篇万般令人心碎的文章。这是一段失败的感情经历,也可以说,是感情失败后对这一段经历的反省。

整首词最悲伤的,莫过于"已是断弦尤续,覆水难收"。曾经的美好在刹那灰飞烟灭。起初,郎情妾意,但是,对方心性浅薄,不重誓约,渐有分手打算。我的一片真心,只希望能换你无邪一笑。但最终,你只是给我一张网,将我紧缚其中,让我在这剪不断理还乱的情丝之中,不能自拔。我曾想过要放手,但我一想到你的笑你的美,这些想法就会烟消云散。但后来,我渐渐发现,原来我们之间的感情早如断弦，再也弹不出曾经的浓情蜜意。这可真的是覆水难收啊，感情是这个世界上跑得最快的东西，当我们之间激情不再，它便瞬间跑得无影无踪。爱情早已无法挽回，我不希望用尊严去换取你的不屑。于是，我终于决定放手，尽管不舍，但是，我也有我的原则。对你的爱，我宁愿它渐渐化为思念，也不愿，成为满足你虚荣心的玩物。

人常道，最怕英雄末路，美人迟暮。世上最美好的东西在你面前被尽数摧毁，那种冲击令人痛彻心扉。为什么名人活得那么累？因为他们一直活在人们设下的固定角色里，他们惧怕自己的恋爱、婚姻会被曝光，因为他们原先在人们心目中设定好的形象被破坏了，好比古镜上的裂璺，早也无法挽回。

柳永的这首词，并无太大意义。他总是开启一段段的恋情，然后以离别收场，再留下一首词纪念那曾经美好的欢爱。

我们都曾彼此相爱过，只是，我们共同败给了现实，败给了时间。

无人处思量，几度垂泪

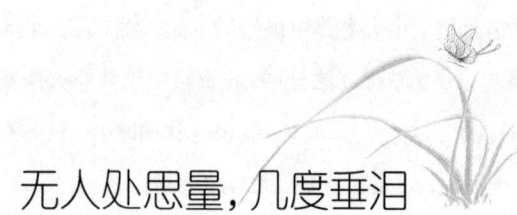

一见"满江红"这个词牌名，脑海中第一个浮现出来的，是岳飞的那首气冲云霄的《满江红·怒发冲冠》，而这听起来尽显万分侠骨傲气的词牌，到了柳永手中，奇迹般地变成了一首离乱中的挽歌。

> 万恨千愁，将年少、衷肠牵系。残梦断、酒醒孤馆，夜长无味。可惜许枕前多少意，到如今两总无终始。独自个、赢得不成眠，成憔悴。
> 添伤感，将何计。空只恁，厌厌地。无人处思量，几度垂泪。不会得都来些子事，甚恁底死难拚弃。待到头、终久问伊看，如何是。
> ——《满江红》（其三）

这是一首羁旅相思的词。从开头"将年少、衷肠牵系"就可知，这应是柳永早期的作品。从中又处处透出少年人的情态与心性，且相思之外，尚没有更多人生世事的感怀。

羁旅中的词人处在相思之愁的困扰之中，所以词的开篇首韵就直说："万恨千愁，将年少、衷肠牵系。"从全词来看，柳永不过是在思念一个女子，这里却用"万""千"来表述恨及愁，正是少年心性，令人忍俊不禁。

后来，柳永实在是为情所困，被这种相思之情折磨得难以忍受，下片开头，"添伤感,将何计"两个短句，似是向自己发问，我该怎么办呢？他没有办法，"空只恁，厌厌地"。他无情无绪、没精打采，一切都是徒然。他终

第三章 不如怜取眼前人

于忍受不住了,在无人处"几度垂泪",用眼泪宣泄相思的痛苦。这正是少年柳永的心态,随着岁月的迁延,饱经离别之苦,情感的伤痛变得更为深沉,他的词中就少见泪痕了。也许正是这泪水冲淡了些相思之愁,所以他比较清醒地自问:想不到这么一点事,为什么如此难以舍弃?他自行自问却不能自答,无奈之中想到,待以后与伊相见时,要问问伊,让她说说该如何是好。这结尾颇有情趣,未免流露出几分少年的天真。

写到这儿,我不禁想起了红豆这个神奇的小东西。小小的身躯,却能承载无限的相思。

> 红豆生南国,春来发几枝。愿君多采撷,此物最相思。
> ——《相思》

王维的这首诗原本是写给他的好友李龟年的,后来,人们用红豆火红的颜色,坚实的果实,去诠释爱情,于是,红豆便成了爱情的象征,相思的载体。

翻开古诗词,还有许多关于红豆相思的描述。"玲珑骰子安红豆,入骨相思知不知"的深情,"红豆不堪看,满眼相思泪"的沉重,"庭前种得相思树,落尽相思人未归"的哀愁,"红豆尚可尽,相思无已时"的恒久……而曹雪芹的《红豆曲》却是荡气回肠,字字凝泪:

> 滴不尽相思血泪抛红豆,
> 开不完春柳春花满画楼。
> 睡不稳纱窗风雨黄昏后,
> 忘不了新愁与旧愁,
> 咽不下玉粒金莼噎满喉,
> 照不见菱花镜里形容瘦。
> 展不开的眉头,
> 挨不明的更漏。

呀！恰便似遮不住的青山隐隐，流不断的绿水悠悠。

红豆，承载了人们太多相思相忆的情感。

默诵着古诗的平仄，看窗外明媚的春光，北国的春天，已是绿意蔓延层林尽染了。禁不住想遥问南国的红豆树，枝头又萌发了相思几许？

你走了，留下的我无法幸福。

今时今世，也有一位新时代的词坛巨匠以"红豆"为题，谱写了传唱大江南北的经典作品："还没为你把红豆，熬成缠绵的伤口，然后一起分享，会更明白，相思的哀愁……等到风景都看透，也许你会陪我，看细水长流。"林夕写得入骨，王菲唱得入魂。

看来，时间的车轮运转了千百年，相思，却是不变的主题。古今两位词坛大师，都咏出了流金岁月里的缠绵悱恻，准确地击中了听者的心，因为很多人都经历过那种相思的哀愁。

浮云无声无息地飘过去，就像时间。电影《半生缘》里，经历了沧桑的女主角最后用平平淡淡的语气说了这样一句话："我想每一个人到老的时候，都总会有些事值得说说。"在每个人的故事里，大概都会有关于相思的记忆，那刻骨铭心的记忆里，究竟蕴藏着多少关于相思的心语？

相思是一种穿越心灵的磁场，在彼此的生命里扩散；相思是一种默默的情怀，将彼此的生命润染。相思的爱与痛，喜与忧，聚与散，离与愁契合着太多不可确定的因素。只有相互理解与尊重，相互珍惜与呵护，才会将相思延绵成细水长流。

我多希望，此时的柳永，手中有着女子送与的一捧红豆。这样，对伊的相思就可以穿越一切阻隔，在时间的烟云中，在空间的瀚海中弥漫，没有痛，没有怨，没有恨，只有一种纯净的恬淡，一种平和的雍容。

掬一捧红豆，写一曲相思，再次走进唐时明月宋时江山、前明墨痕晚清闲笔，去寻找相思的痕迹，去感受相思的衷情：

"终日思君君不知，长门买赋更无期。山山绿遍相思树，正是江南草长时。"

惟有枕前相思泪

柳永曾在《失调名》中说:"多情到了多病。"全词只存一句,却道尽了情之真谛。而下面这首词更是将相思之情抒发到了极致。

匹马驱驱,摇征辔、溪边谷畔。望斜日西照,渐沉山半。两两栖禽归去急,对人相并声相唤。似笑我、独自向长途,离魂乱。

中心事,多伤感。人是宿,前村馆。想鸳衾今夜,共他谁暖。惟有枕前相思泪,背灯弹了依前满。怎忘得、香阁共伊时,嫌更短。

——《满江红》(其四)

一首写羁旅相思的小词,此词依行程和心绪的进展直叙,在构思布局上似乎没有更多讲究,但这正是柳词的特色,平顺明畅又富有情韵,是其他词人难以企及的。

策马跋涉在溪边谷畔。看夕阳倾颓,渐渐被群山环抱。成双成对的水禽忽然间飞起,对着他一起吟叫,好像在笑,他独自一人,茕茕孑立。这孤独的羁旅,是由情而牵出的形单影只。如那彼岸的曼珠沙华,花开叶败,叶生花落,花叶永不相见,这样,才不至于牵绊,不至于期盼,不至于心存幻想,不至于失魂落魄。可这失了魂魄的情意,在这闹市滚滚的红尘里,又哪里寻得来?它便是不可遇,不可求的雅事。它在戏文里风生水起,你我在尘世里,独掬月华,且兀自叹息。这种落差,恰是蚀人的岁月,空负了大好

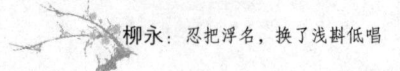

的青春年华。

忽然之间想起了很多事情,几多伤感。夜半,在前村借宿。夜色凄冷,忽然伤感地想,今夜鸳鸯被下,有谁可以将你拥入怀中。在你身边的只有枕前点点相思泪,背着灯,在黑暗里静静地抹掉汹涌的泪水。怎么能够忘记,与你在香阁的日子里,嫌弃夜的短暂?

同是写女子的相思,张悦然的小说《誓鸟》里的春迟则是凌厉得近乎失态。《誓鸟》被一些人评说为历史小说,但也有个性鲜明者毅然提出这是一部女人的小说,它只关乎想象,近乎神性的想象。

优雅冷酷的春迟,有一段带血的记忆,以及比鲜血更加残酷的感情,一个懵懂的女子变得麻木、变得沉静、变得冷酷。然而她一直没有放弃自己的寻找,茫茫大海中寻找载满自己记忆的贝壳。纵然遇到她的人都告诉她,那只是骆驼放弃她的一个借口。存在于她脑海中的那些疏淡的记忆如温存的室内花朵,她小心保护,且从不失信心,一如既往地寻找下去。这种寻找,无疑是相思苦熬出来的清汤,馨香缕缕,千般万般缭绕,都是相思绵延。她的执着让人感动。

有人说,张悦然忘记了自我,忘记了灵魂,甚至忘记了人类。

小说的扉页里有一句话:记忆如此之美,值得灵魂为之粉身碎骨。我想,这记忆的存活,是要依赖相思的土壤的。所以,相思便是灵魂的驾驭者。在相思里,灵魂失去重量,成了奴隶。这都是毫不为过的。

只是,相思到了这般浓烈的程度,是几近吓人的。读《誓鸟》时,便在心里默念《卷耳》,唇间卷耳采采,一叶是爱人的英姿,一叶是爱人的微笑;一叶是嘘寒,一叶是问暖;一叶是羁旅的苦楚,一叶是酒醉的牵肠;一叶是前悲往路,一叶是后思故土;一叶是劳顿成疾,一叶是相思成灾……一样的浓烈,但温和一如初冬的暖阳懒懒地打在人的身上,不容轻视,也百般讨人欢喜。

而对于真心相爱的人来说,我们更应该有这样温和的浓烈,无须过浓,亦不会过淡。不是似有若无的疏淡,但这丝丝入扣的相思却无处不在。

词之开端仅以"匹马驱驱"一句,就奠定了全文的基调,独自一人骑着马行走在羁旅之中,该是何等的辛苦与凄凉。词的下片,"想鸳衾今夜,共他谁暖",由思念情人,料想她一定是孤独一人,无人陪伴。于是进一步推想对方"惟有枕前相思泪,背灯弹了依前满"。所有的相思之苦都化作了"枕前"的相思泪,挥不掉,擦不尽。在此情境之下,此人纵使千般思念又有何用,于是不得不去回想曾经的那些欢愉生活,以此来给自己凄凉的心境增添一些慰藉。

怨不得谁,若怨,只怨比天高的心,比纸薄的命。青灯旧卷,可惜了窗外姹紫嫣红的明媚时光,苦涩了杯内暗香浮动的茉莉花茶。行文中,生出的相思做引,烟水茫茫处,那人,可仍立在最初的地方,如那时相遇,两分是笑,三分是懂得。直至秋霜至,月露冷,青叶飘黄。经历了百转千回后,淡了红尘事,无关得与失,在无香的冷寂里,听风在四季轮回,看浮生,聚散。

宛若爱情,不只有厮守的甜,也不只有死别的苦,是杂陈了聚的喜,分的忧,悲欢离合的百味,才见隽永,才见圆满,才见天长地久。

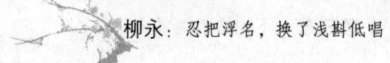

别来千里重行行

小的时候，我最喜欢听姥姥讲故事。那时候，姥姥坐在床上织着入冬后要穿的毛衣，我呢，就趴在她的身旁，猫一样地玩弄着毛线。姥姥最喜欢讲薛平贵的故事，尤其是他与王宝钏的爱情故事，讲到酣畅处，姥姥还会唱上几句《武家坡》的唱词。不过那时年幼，还不理解这段爱情，更不要说听那些咿咿呀呀的唱词了。直到后来，高中时再细读这个故事，不禁感慨万千。

唐朝，京都长安，丞相王允生有三女，幺女王宝钏有沉鱼落雁之容，王公大臣、世家子弟追求者多如过江之鲫。然而，王宝钏却对食量惊人做粗工的汉子薛平贵情有独钟。经过彩楼抛绣球，王宝钏决定下嫁薛平贵，王允怒而三击掌与她断绝父女关系，王宝钏心碎，随薛平贵住进寒窑。

憨直、勇猛的薛平贵为求上进，从军征战远赴西凉，王宝钏独守寒窑十八载，在贫穷困顿中等待薛平贵归来。薛平贵屡历风险、屡遭暗算，同时也屡闯难关、屡建战功，终于平定边关凯旋。

西凉代战公主暗恋薛平贵多年，并感佩薛平贵、王宝钏坚贞的爱情，不顾自己的生死得失，帮助薛平贵化险为夷，立下战功。回到京师后唐僖宗欲重用薛平贵，薛平贵携代战去寒窑接王宝钏，然而王宝钏却在出窑后十八天便与世长辞。

十八年，足以使美人迟暮。曾经，她是富家千金，每日把玩的是奇珍异宝，穿的是绫罗绸缎，吃的是山珍海味，但是，遇见薛平贵后，这一切仿佛

此画表现出冬去春来，大地复苏的细致的季节变化。在章法上兼有高远、深远、平远，层次分明，画中虽无桃红柳绿的景色，却已传达出春回大地的信息。画上有清朝乾隆皇帝御题诗：树才发叶溪开冻，楼阁仙居最上层。不藉柳桃闲点缀，春山早见气如蒸。

▼《早春图》[北宋]郭熙 绢本 淡设色 纵158.3厘米 横108.1厘米 台北「故宫博物院」藏

此画于双幅拼成的立轴上画古柏一株,旁衬以寒林枯木,古柏老干虬枝,寒树木叶尽脱,二者各具姿态,鲜明地写出了柏树历经岁寒不凋的品格。郭熙不专以画寒林著称,但这方面也具有相当的造诣,他曾在宋宫钦明殿中图绘《松石平远图》,可惜未流传至今。此幅《寒林图》无作者款识,曾经清宫收藏,虽不能断言出自郭熙之手,但作为李郭派的宋代优秀作品当无疑义

▼《寒林图》[北宋]郭熙 绢本 墨笔 纵153厘米 横98.8厘米 台北『故宫博物院』藏

过眼云烟般消散了,每天要面对的是粗茶淡饭,甚至是食不果腹,穿的是粗布麻衣。他们之间仅存的,是爱情。

他为了使她幸福,毅然去参军。她独守寒窑十八年,那种寂寞,令人一想起就泛起彻骨的寒。终于,不负她的期望,她的意中人是个大英雄。薛平贵立下赫赫战功,他要接她出那破寒窑,他终于要让她幸福了。于是,寒窑之中,她照着水缸中的水,仔仔细细地梳理早已掺杂银丝的头发,绾好一个曾经他最喜欢的发髻。她的神情,仿佛又回到了初嫁时的那种娇羞。他出现了,他站在窑口,清晨的阳光温柔地将他笼罩,当她像少女一样想要奔到他的身边,握紧他的手时,赫然发现他的身边立着一位二八佳龄的少女。

我觉得,在那一刻,王宝钏的心就已经死了。青春永远是世界上最锋利的武器,使得她们还未交手,就已经分出了胜负。尽管他说,她永远是正室,是他的妻,但她知道,留在她心中的,只是那个青涩又有些鲁莽的少年郎,眼前这位大将军,他的身边更应该有这样的佳人来配。但再看看自身,青丝凋萎,韶华已逝,想不到自己已经这么老了。哀莫大于心死,对于一个早已不属于自己的男子,已经没有留恋的必要了吧。于是,她在与他生活了十八天后,了断此生。

她只是想用这样惨烈的方式,让他永远记住,曾经有这样的一个女子,不顾一切地爱过他。

所以,当我读到下面这首词时,念起王宝钏这个女子,我不禁潸然泪下。

红尘紫陌,斜阳暮草长安道,是离人、断魂处,迢迢匹马西征。新晴。韶光明媚,轻烟淡薄和气暖,望花村、路隐映,摇鞭时过长亭。愁生。伤凤城仙子,别来千里重行行。又记得临歧,泪眼湿、莲脸盈盈。

消凝。花朝月夕,最苦冷落银屏。想媚容、耿耿无眠,屈指已算回程。相萦。空万般思忆,争如归去睹倾城。向绣帏、深处并枕,说如此牵情。

——《引驾行》

正如柳永所说"多情自古伤离别",即使是薄情寡义之人,也无法承受离别之痛。但在人的一生中,离别却是一个永恒的话题。第一次告别父母独自上学,第一次与恋人相隔两地,第一次参加亲人的葬礼。离别,似乎是每个人不能言说的伤,它潜藏在心底,一旦触碰,痛不欲生。

柳永多情,自从"奉旨填词"后,他变得更加放浪形骸,潜在的叛逆因子如火山一般爆发。他更加流连于风月,他用他的风流,用他善解人意的温柔温暖了那些欢场女子。

红尘滚滚,欢场沉浮,人情淡漠,那些女子的心已死、笑已僵,而柳永,仕途不顺,自暴自弃。无非都是寂寞的人,不求长相厮守,但求一夜风流。

就这样,柳永不知欠下了多少风流债,那些女子迷恋他,但是,他终究是意不在此。好男儿志在四方,纵使当今圣上早已将他的仕途判了死刑,但是,仍阻挡不了他对权力向往的本能。

于是乎,离别就成了柳永生命中不可或缺的情感。他如蝴蝶般流连在花丛之中,轻轻而来,又轻轻而去,让自己的情永远化作那些女子眉间的一点朱砂,化作那些女子才下眉头却上心头的思念。

她是他的花样,他却是她的年华。那急促发生的爱情像是冰面上的溜冰鞋,刺激,但又危险,最美的一瞬总会在滑出高潮后归于平淡。

对于向往安定爱情的女子,我要说:永远不要爱上浪子,尽管他的落魄使他成熟沧桑,尽管他的不羁使他与众不同,但永远不要奢求他会献出他的真心。这样的男子,视生活如罂粟,越堕落越快活,越风流越不枉此生,你与他的爱情,终究是一场樱花落。而每一个女孩,我们最终需要的是一个家,是一份安定与温暖,是一个可以与你一起慢慢变老的男人。当你满头银发时,他依旧会吻你的手,笑着对你说:"你今天真美,我爱你。"

可是,也有些人只能走在另外一种爱情轨迹上。虽然疼痛难以言表,却丝丝入扣用痛感提醒着快感。他们把那叫作"有苦难的天堂"。灵魂失重的瞬间,热情燃烧,正如纪伯伦说过的那样:"我的心,除了把它敲碎以外,怎能把它打开呢?"

有时,爱情真的需要心碎。

梦里欲归归不得

如今的一些诗人不敢谈情,不愿谈情,仿佛这样的诗是自甘堕落之人才会写的,这样的词是不求上进之人才会填的,却不知情之一物,自古如此。谁可以真的跳出三界外,不在五行中?吃的是五谷杂粮,生就凡夫俗子。所谓"人非草木,孰能无情",没有了感情的诗和词,又怎会经久流传?

其实,我们是需要哀愁和忧伤的,需要它们滋润我们因为过度追逐娱乐而干燥的心田。读宋词,说明我们的情感和灵魂还没有真正尘封。哀愁和忧伤使我们的心灵变得柔软,它们不是凭理性所能获得的,而是由爱来理解。一颗善良的悲悯的有着文化底蕴的心,在感受生活感受人生时,一定能够细致而深刻地感受到哀愁和忧伤及其价值。而柳永,他正是满足了广大受众内心的需求。

柳永,出身仕宦人家,自幼便接受儒家的正统教育。但他浪漫而放荡不羁的个性却与封建正统的道德标准形成了激烈的冲突。你不得不承认,他是中国文学史上首屈一指的风流才子,是个虽然有争议,但却不能不让人喜欢的词人。李白有才气,苏轼也风流。若要也才子,也风流,且把才气与风流玩得游刃有余,恐怕李白与苏轼是难以比得过柳永的。

他的温柔婉约主要体现在字句上,这一阕《六么令》也是如此。只要读一遍,就可以感受到柳七词的细腻和柔媚。他的字句之中很明显带着婉约的意味,带着女儿之态度,带着一种柔情。

在"淡烟残照,摇曳溪光碧"这两句词里,主要是写景。词人首先给读者营造出一个淡雅的意境,无论是"淡""碧",给人的感觉总是一丝淡淡的忧伤,让人不禁产生联想,一种雅致在不经意间传达到了读者的面前。这是词人的妙处,写景即言情,眼前景物即心中情思!

"溪边浅桃深杏,迤逦染春色。昨夜扁舟泊处,枕底当滩碛。"这四句一样是写景的文字。可是这次的景色描写却让我们感觉到了温度,像是给水墨画上渲染了其他颜色,"浅桃深杏""迤逦染春色"给人的感觉是温馨,是一点点温馨中的孤寂,是凄凉之外的一丝柔情,词人的心中有爱存在,所以可以让人体会到温情,在孤寂之中充满暖意。

"波声渔笛。惊回好梦,梦里欲归归不得。"到了这里,词人开始言情,这里是一个需要转折的关键点。一味写景显得太过累赘,太过堆砌。由写景而微妙地带到了情,这才是梦笔生花。言情而只是一带而过,淡淡地说一下,让读者知道这一阕词想要表达的情感是什么,是"欲归归不得"!也许这才是最痛苦的情怀吧!

"展转翻成无寐,因此伤行役。思念多媚多娇,咫尺千山隔。"这也是所谓的一问一答,藕断丝连之意。"无寐""伤行役"是回答,而"思念多媚多娇"表现的是对远方的深切思念,却又"咫尺千山隔"。怎样的一种情怀啊,"多情自古伤离别",到这里已经展现在我们眼前。

"都为深情密爱,不忍轻离拆。"有了"深情密爱"谁又愿意"轻离拆"?浓情蜜意中的人最不喜欢的事情就是分离了,恨不得每天都痴缠在一起,每天情意绵绵。这是痴语,也只有柳七这样的人才会吟出的痴语。太注重情感的寄托,明知是如此却还是欲强求。千百年来这样的痴人何其多哉,这个世界也正是有这样的人才更精彩。

"好天良夕。鸳帷寂寞,算得也应暗相忆。"良辰好景虚设,人分两地!"鸳帷寂寞",只能"暗相忆"。这一份无奈是深入骨髓的,是无从排遣的,是词人之痛,也是读者之痛。所谓感同身受,词人的言行文字带有情感的成分,读者则不经意间为文字所打动。

柳永曾在《曲玉管》词中言:"每登山临水,惹起平生心事,一场消黯,永日无言,却下层楼。"由于他一生不得志,经年辗转在外,所以不仅要忍受路途上的奔波,还要忍受别离的伤悲,"每登山临水,惹起平生心事",既是他永远的悲哀,也是其《乐章集》中反复表现的主题。这首《六幺令》亦是如此。一样写旅途相思,所不同的是此次的景物描写,由明媚的春光代替了柳词中常见的凄凉秋景。

根据清凌廷堪《燕乐考原》,幺,就是小,六幺属羽弦,节奏繁急,故名。由此可以得知,此调当为柳永所创,此调繁急,抒情的节奏十分紧凑,可以想到,柳永当时定是情感愤懑到了极致,才作下如此烦乱的一片词,宛如古琴铮铮。

柳永不仅是个风流才子,同时,也是个屡试不第的可怜人,常借酒消愁买醉的酒鬼,出没于秦楼楚馆的浪子,仕途坎坷的小官,"奉旨填词"的柳三变,浪迹江湖的游客,自命不凡的"白衣卿相",创新发展宋词的巨匠。

柳永的笔头流淌着阳光、春雨、丹青。他描绘的江南有声有色,有情有韵有味,让身处江南的才子也心驰神往。柳永的心头有天真稚气,柔情似水,激情似火。平仄声里,如杜鹃啼血,如秋雨打萍,溅得宋词好婉约。

也许是应了"文章憎命达"的定律,柳永的好运气都耗费在了才气上。他仕途不顺。第一次踌躇满志地赴京赶考便落榜。第二次又落榜。心高气傲的柳永,在两次落榜后想的并不是东山再起,而是赌气似的写了首牢骚极盛而不知天高地厚的词:

  黄金榜上。偶失龙头望。明代暂遗贤,如何向。未遂风云便,争不恣狂荡。何须论得丧。才子词人,自是白衣卿相。
  烟花巷陌,依约丹青屏障。幸有意中人,堪寻访。且恁偎红翠,风流事、平生畅。青春都一饷。忍把浮名,换了浅斟低唱。
  ——《鹤冲天·黄金榜上》

宋仁宗得知后说他:"此人风前月下,好去浅斟低唱,何要浮名?"从此，柳永便屡遭黜落。回头再想想"忍把浮名，换了浅斟低唱"真是年少轻狂。

莫名忧伤，仿佛只是心轻轻地一疼，眉眼之间的那种淡然的牵扯，就相濡以沫了。你说这个世界遍布美好，我说那是因为你欺骗了我的眼睛。

那么，爱是什么，如负担一般沉重。

怨魂无主尚徘徊

越国的王宫深处,繁华的阴影瞬间融化,只余浮生虚无的阳光剪开前进的道路。被岁月禁锢的宫女集体安静地恭迎,西施只是美丽的祭品,在她不动声色的低头伏安之中穿过,命运号角的前奏已然开启。

潜伏了三年,习歌舞、学步履、精礼仪,重复如此无穷。像一只忍辱负重的蝴蝶,只待破茧而出的妩媚。她们,都唤她为西施,而不是乳名夷光。

三载光阴,被无息无声地埋葬于越宫深处。那些落花流水的日子,仍束不住幽幽而生的怅惘,它会偶尔发作,在渐渐成长的身上变成永不散去的伤痛,因为这里再也不是每天都可以黏在一起的无忧无虑的生活了。

宫廷礼仪,万千舞蹈,徘徊悱恻,悄然成精。几许残阳,天下唯我不闻,西施只醉心于舞蹈,还是如昔的美丽与善良。三年的四季轮回,却再也未曾见到过那个当初带她入宫的男人。

他只用一个眼神一句话,就令冷艳的西施倒在情爱的面前。却只因为天下百姓的命运,他拱手让出,不爱不恨。西施不怪他。

那一个破落的乱世,谁又可选择自己脆弱的命运?爱情从来都是奢侈的,世道的主角永远是权力与地位。

小小一名女子,容貌过人,只因国家的薄弱,或者是男子野心,就搭上一辈子的幸福,最后也只是史书上的那一小篇幅或是鼠蝇几字。太多人写西施,多是描写她的美丽,或是写她把好好的一个吴国弄得鸡飞狗跳。可是,"家国兴亡自有时,吴人何苦怨西施。西施若解倾吴国,越国亡来又是

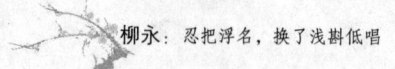

谁?"

西施在宠媚君主之前,是不是也在窗廊远眺?期盼未来的郎君?不知道你看过千篇一律的西施后,这样的句子熟悉与否?浣纱之女,可懂得舍身救国?还是拥有倾城倾国貌,就是被献身的理由?

苎萝妖艳世难偕。善媚悦君怀。后庭恃宠,尽使绝嫌猜。正恁朝欢暮宴,情未足,早江上兵来。

捧心调态军前死,罗绮旋变尘埃。至今想,怨魂无主尚徘徊。夜夜姑苏城外,当时月,但空照荒台。

——《西施》

西施捧心尤怜的姿态当真只是生理之痛?那份心痛里是不是也夹杂了揪心的悲伤?

馆娃宫是为她而建的,高踞于山上,俯瞰着脚下的城池。馆娃宫畔的姑苏台是赏月之用,夫差发现她爱那月色已快痴了,却不知她为何这般痴爱这月亮。

那一日的歌舞通宵达旦,姑苏台月色通明,夫差凝视她的眼神同月色一样温柔,他拉她站起,走近一池清水,向水中一指,让她细看。

那池水微微皱起,一清如许,水池中央恰恰倒映着一轮圆月,清辉随水漾开,满池皆是银色,西施的眼波里也漾着亮光。

她只是淡淡一笑,唇角一弯即逝,水波荡着一轮月亮,天上漫洒银光。夫差皱起了眉头,他看了半晌池中央的月光,忽而笑了,西施还未回过神来,他便撤掉桌上金盘中的鲜果,翻过栏杆,一步迈入池水之中,小心地将那水中的月影盛入金盘之中,双手托回她的面前。

夫差手中的月影闪着金色的光芒,瑰丽溢彩。他的眼睛晶亮,盈满了笑意,西施的手指触到了那金盘中的月影,夫差的眼中倒映的是她的笑靥。当他浑身透湿朗声大笑将她拥在怀里的时候,她听到他胸膛震荡如山谷的回声。

脂胭般的唯美容貌长存于馆娃宫的青铜镜中,玉梳轻拂,云鬟滑落,流不尽的悠悠情绪。当梳洗的胭脂水随波入世时,眼神迷离的她,只想为他演一场销魂入骨淋漓尽致的本色舞蹈。

他喜爱她的舞,刻骨铭心直入骨髓。三年的轻曼舞姿,欲拒还迎,云鬟放荡,勾起了多少英雄往事,迷惑了怎样的前生浮华。夫差把数以百计的大缸放于宫内的一条长廊,上铺清澄木板。西施穿一双木屐,裙系无数精致的小铃,继续这一场盛世的繁华。

放荡不安的乐音同绝美的舞蹈遥相呼应,长裙的温度从她温暖的身躯涌出,惊起了无数的铃铛,和着若即若离的大缸回响声,曼妙滋生。那个叫夫差的男子,如醉如痴,天荒地老。夜夜的响屐舞蹈,夜夜的姿容温存。他与她在祈求一个永不老去的故事。

"君宠益娇态,君怜无是非。"当然,那为她而建的建筑,也在最后的战火里纷飞,留下的只是一个芳名而已。

这是有些俗套的开头,西施沉鱼之名,魅惑君主,最后灰飞烟灭。

那"捧心调态军前死,罗绮旋变尘埃。至今想,怨魂无主尚徘徊。夜夜姑苏城外,当时月,但空照荒台"呢?

你是否感觉到了那独特的视角?西施,在他的笔下,有了女子该有的幽怨。虽有倾城倾国之貌,可也是女子。那一缕娇魂可是寄托了真正的百年孤独。

或许当有人吟唱"寒蝉凄切"的时候你会想起他的名字,柳永。

除了他,谁还会为她们写颂歌?要摘得星星,就要站在最高的山顶上;要捧起一尾鱼,就要躺在凛冽的河水里。众人皆在猎奇涉艳,飞着唾沫星子调侃八卦。只有柳永,蹒跚在一个又一个场景里,掏出火红的真心,感知故事的脉搏。

他的词里,西施不再是木偶,她有自己的孤独和寂寞。她渴求被爱,她不是魅惑的妖精,她不是深明大义的代表。河水义无反顾地奔流,沉淀的是泥沙。

西施捧心艳难败,犹是怨魂无主在。

负你千行泪

收拾散乱的书,翻开一本读书笔记,其中有几段是摘取张爱玲的作品《红玫瑰与白玫瑰》。

看罢《红玫瑰与白玫瑰》,我总是喜欢把这部作品和柳永的一首词联系在一起。

> 薄衾小枕凉天气。乍觉别离滋味。展转数寒更,起了还重睡。毕竟不成眠,一夜长如岁。 也拟待、却回征辔。又争奈、已成行计。万种思量,多方开解,只恁寂寞厌厌地。系我一生心,负你千行泪。
>
> ——《忆帝京》

同样是欢喜而无望的爱情故事。可以想到,一个似红玫瑰般娇艳欲滴的女子,与一个落魄的风流才子的爱情,注定是昙花一现,美极哀极。

天气有些转凉了,女子从梦中惊醒,习惯性地将身体依偎在另一侧,但除了冰冷的墙壁外,别无他物,这才惊觉,原来枕边人早已离去。霎时间,别离的苦涩涌上心头,竟生生地逼得人喘不过气来。女子又重新躺下,将他曾经枕过的枕头抱在怀里,仔细地嗅着他曾经的味道,大滴大滴的眼泪滴落,支离破碎的哽咽自喉咙中挤出,更显夜的凄凉与离别的凄楚。孤枕难眠,这一夜,漫长得好似一年。

她的心上人,也曾想过要回头。她绝色姝丽的面容,她看他时迷离的憨态,这一切都叫他着迷。但是，他有太多的放不下。功名利禄放不下，亲属家眷放不下。他本意不在此，他怎么忍心把浮名，都换了浅斟低唱？这个世间太诱惑，而自己所奢望的又太渺小，他们之间自结合之日起就有了不可弥补的裂缝。最终，他还是不曾归来，只写下了一句话来安慰她"系我一生心，负你千行泪"。

人们只道是，柳永多情，能写出如此令人潸然泪下的绝句，在后人看来，这段爱情万般唏嘘。但是，你可知，这首词里隐藏了一个孤独女子的多少恨吗？

柳永出身于一个仕宦人家，自幼便立下了"学而优则仕"的入世之志。在他看来，修身齐家治国平天下才是自身的终极理想。男人都是野性的动物，仕途对他们来说，如血对于鲨鱼，这种诱惑实在是太强烈。每个男人心中都有一个英雄梦，柳永自然也不例外。尤其像他这样的官宦子弟，更不可能放弃这样的大好前程，去留恋沼泽似的温柔乡。即使迷恋，也不过是醉酒一场。

所以，他只好说出"系我一生心，负你千行泪"来作为这段感情的结束语，看似柔情缱绻，实际上，不禁让人慨叹，柳永你好狠的心啊！

用女子的韶华青春，作为你寂寞时的风花雪月。你让她们如烟花般绽放极致，火树银花，更添人生精彩。但你可知烟花璀璨一时，却寂寞千年。你用你的风流，换来女子的一片真心，却要用如此冠冕堂皇的理由，去生生踩碎它。真是可笑至极。

我喜欢柳永。我爱他的婉约与温柔。我曾无数次地幻想过，若是我出生在那个朝代，若是我遇上柳永，我也会为他燃尽我的所有，快乐至死。我爱他的每一首词，甚至会为他的爱情而流泪。但唯独这一首，这最后一句，让我一阵恼火，让我感受到一种受骗后的耻辱。

若你离开，后会无期。女子如桃花般飘零，寂寞的人总需要安慰，你的出现是她生活中异常美丽的邂逅。你的离去，她可以在无数次撕心裂肺的哭喊后，决绝地认定为一场梦。女人都是坚强的，我们有足够的勇气开始下一段生活。所以，若你离去，我不会阻拦，只是请你不要冠冕堂皇地向我许下诺言，对不起，我不知该找谁去兑现。

须要深心同写

我爱,是我的开篇,我被爱,才是爱的结局。

这看上去有点儿贪心了。在如今的社会里,爱情似乎已变得浮躁,而平凡如我,只是想要一份同样平凡的爱,拥有同样平凡的一个男人。我实在不知道这究竟有什么贪心的。可是就如几米的漫画里说的:我遇到猫在潜水,却没遇到你。我遇到狗在攀岩,却没遇到你。我遇到夏天飘雪,却没遇到你。我遇到冬天刮台风,却没遇到你。我遇到的猪都在结网了,却还是没有遇到你。我遇到所有的不平凡,却一直遇不到平凡的你。

不平凡的是我们周围的世界,它存在太多的变数,所以让我单纯的愿望变得这么奢侈而难得。我可以爱,但很难被爱,我被爱,又不是从我爱开始的。但我始终相信《亲密爱人》栏目中主持人所说的话——幼稚的爱情原则是:因为爱,所以我爱。成熟的爱情原则是:因为爱,所以我被爱!

前几日,读下面这首词,突然之间被那种恋爱时的深情所打动。

嘉景,向少年彼此,争不雨沾云惹。奈傅粉英俊,梦兰品雅。金丝帐暖银屏亚。

并粲枕、轻偎轻倚,绿娇红姹。算一笑,百琲明珠非价。

闲暇。每只向、洞房深处,痛怜极宠,似觉些子轻孤,早恁背人沾洒。

从来娇纵多猜讶。更对翦香云,须要深心同写。爱揾了双眉,索人重画。忍孤艳冶。

断不等闲轻舍。鸳衾下。愿常恁、好天良夜。

——《洞仙歌》

这首词,以男子的口吻写男女相爱时的种种深情。词中的女子因"些子轻孤",即背人流泪和"爱搵了双眉,索人重画",如此娇羞的痴态,怎能不使人心生爱怜?从"愿常恁、好天良夜"的祝愿中,我们能明显地感觉到,那立于爱情背后的巨大压力与阴影。这既是情深男女可能有的真切感受,也是柳永对人生对感情的体悟和理解。

此词中,最爱这一句"爱搵了双眉,索人重画",眼前似乎出现了一个娇蛮的少女,她嘟起樱唇,赌气似的擦掉费心画好的眉形,然后转过身来,仰起脸,叫情郎再为她画一双绛仙眉。这等可爱的形象,不禁使我想起了"张敞画眉"的典故,那样的爱情,叫人心生羡慕。

在柳永这首词中,我们看尽了恋爱中的小甜蜜,但在这看似欢乐的背后,却隐藏着难以言说的忧伤。如此可人的女子,如此钟情于他,而他,不过是浪子一个,四海之大,何处为家?若要离开,怎舍得让她独自一人等待,让岁月腐蚀了她的容貌,染白她的三千青丝?"一场寂寞凭谁诉。算前言、总轻负。早知恁地难拼,悔不当时留住。其奈风流端正外,更别有、系人心处。一日不思量,也攒眉千度。"

很多人都听过这样的一段话:"曾经有一份真诚的爱情放在我面前,我没有珍惜……如果上天能够给我一个再来一次的机会,我会对那个女孩说三个字:我爱你。如果非要在这份爱上面加一个期限,我希望是——一万年。"是啊,很多人,都在错过了一个人之后,才后悔。仅仅因为不懂珍惜眼前的幸福,就要忍受一生的孤独。很多人曾经感慨,拥有的时候不觉得怎么幸福,但是失去了,看到对方在别人的怀里,此时,他(她)的眼里已经不再有你,心如刀绞。只要他(她)肯回到你的身边,一切都可以放下。

是清是浊,是黑是白,问题不在事情的本身,关键是看是谁所为。权势,是权势者的魔杖。它对绝大多数的男人和女人都有着强大的诱惑力。

凭柳永的智慧和才华，完全可以为自己争得一些权势和名利。可犯傻的柳永就是不开窍，偏偏背离权势而亲近下层的歌女舞伎。

"双燕归飞绕画堂。似留恋虹梁。"

他用他的心，去体味青楼女子看待生命里那一份份花开花落的无措，剪不断的情在心底泛滥。

他所诉说的，是她们无法言说的苦楚。

可是，他那颗想要施展抱负、一展宏图的炽烈之心，谁又会替他传诉？

"从来娇纵多猜讶"，这句是典型的爱情中的描写，因为爱情中的两个人需要经受各种感情的考验，爱得深的时候就会有那种娇纵之情和毫无来由的猜疑。有哲学家说："爱在本质上是一种指向弱小者的感情。"一种完全发自内心的愿为对方的快乐与幸福付出的姿态，一种不由自主地想把对方置于自己的保护之下，提供情感和身体护佑的强烈的冲动，因而尽其所能地宠她，心疼她。无论富有还是贫穷，无论健康还是疾病，无论顺境还是逆境，爱不分贵贱，不分高低，相亲相爱，不离不弃。

"珍惜"两个字，只有二十笔，写起来简单得很，读起来也不费吹灰之力，但是真正懂的人、可以做到的人又有几个？有的人寻觅一生，都不一定遇到一个知己。何况是不论贫富，不论处于何种境遇，都可以陪伴你一生的伴侣。不离不弃，相守到老，这样的誓言，不是每个人都可以做到，也不是每个人，都可以轻松地许下。

珍惜眼前人，若要爱，就不顾一切地去爱一场，给她一个安全而温暖的归宿。莫要用你那缱绻万千的诺言，去换她韶华白首，相思成灾。

爱情需要两个人的坚守。

早是多情多病

女作家王安忆有一部作品,名字便叫作《桃之夭夭》。小说记载了一个命途多舛的上海女子郁晓秋在生活的夹缝中由小女孩成长为女人的故事。她出生在一个毫无爱意可言的家庭,身为戏子的母亲、身份不明的父亲、形同陌路的同母异父的兄姐……尽管没有得到生活的宠爱,但她还是像桃花般在自己的春天里悄然盛开。当她以少女的身姿走过古老的弄堂时,男人垂涎的目光和女人妒忌的眼神无时无刻不跟随在她的身后。

她对这些邪念浑然不觉,一颗少女的心全部倾注在同班同学何民伟身上。年轻的爱总是无比勇敢与坚定,他们经历了下乡、返城和不被亲人祝福的恋爱,郁晓秋仍然不退缩。她的奉献换来的不是同样的坚守,而是爱人的退却,何民伟娶了自己不爱但被家人接受的女人。如同路人的姐姐在难产中过世,姐夫在读研究生,郁晓秋担负起了照顾小外甥的责任,在姐姐公婆的撮合下,她最终嫁给了姐夫。所幸的是,这一次,她得到了温暖和爱。

《桃之夭夭》相较于诗经中的《桃夭》,太烟火,也太薄凉。合上书的一刹那,我不由得怀疑自己对《桃夭》的理解根本是错的。思之三日,再读《桃之夭夭》与《桃夭》,又思量许久,才恍然。

《桃夭》是首婚庆之歌,这点毋庸置疑;《桃之夭夭》却是花费了更多的精力在讲述这场婚礼的前后姻缘。十四岁的郁晓秋也曾是桃夭般的女子,尽管初恋没有得到祝福,但爱情还是如约而至,开满整个青春。只是,再香郁的桃花也有落期,所以命运安排她离开一种过去,并指引给她更切实的未来。波澜不惊的旅途看似乏味,走进,并非全然了无生趣。一朵桃花终会结出美的果实,也终会拥有一片自己的桃林。

还记得旧时的电影中,常常可以看见一个儿女双全的老妇人在为新嫁娘篦头,嘴里还念念有词:一梳梳到尾,二梳梳到白发齐眉,三梳梳到儿孙满地,四梳梳到四条银笋尽标齐。

凡尘的生活,求的也就是这般的俗吧。当你爱上一个人,就不可避免要俗一场。就如同柳永的词中说的那样:

> 金风淡荡,渐秋光老、清宵永。小院新晴天气,轻烟乍敛,皓月当轩练净。对千里寒光,念幽期阻、当残景。早是多情多病。那堪细把,旧约前欢重省。
>
> 最苦碧云信断,仙乡路杳,归鸿难倩。每高歌、强遣离怀,惨咽、翻成心耿耿。漏残露冷。空赢得、悄悄无言,愁绪终难整。又是立尽,梧桐碎影。
>
> ——《倾杯》

同样是一首相思的词作。一旦爱上一个人,就不可避免会产生相思。可能在以前,你对"相思"这两个字嗤之以鼻,你认为这样庸俗的事情不可能发生在自己身上,但,待你爱上一个人,这般俗事就在不经意间侵占了你的生活。一首歌,或是一句话,都会勾起无限的回忆。

这首词中,这一句"早是多情多病"说得极好。相思成灾,使得夜不能寐。一闭上眼,你的音容笑貌就浮现出来,想起曾经的美好,嘴角会在不知不觉间勾起一抹弧度。但是,瞬间的甜蜜过后却是无尽的痛苦。你走了,但记忆还在。

读罢全词,能感受到柳永是极爱这个女子的。尽管他为无数女子写过词篇,他与谢玉英的爱情也被传为佳话,但是这位风流才子,心中对这女子定是念念不忘的。他用"碧云",用"仙乡",用"归鸿",来表达自己的相思之苦。他们之间一定发生过什么不可挽回的事情,否则,柳郎不会这么悲伤地说："空赢得、悄悄无言。"

我极爱你，曾经，我们一同走过最壮阔的河山，一起度过最艰辛的落魄，你唱过世界上最动听的歌，我为你写过最瑰丽的词。但是，纵是相爱，也终究抵不过时间、抵不过流言蜚语。

寂寞的人总是会用心记住他生命中出现过的每一个人。所以在柳永的词作里，留下那么多的裙摆飘飘。人们可以认为他多情，但也可以理解他的孤寂。张小娴说："爱情使人忘记时间，时间也使人忘记爱情。"话语残酷，但句句真实，刺破虚假繁荣。在很多咏唱爱情的诗篇里，情绪犹在，人已面目模糊。

可是，当阳光洒下来，眼睛和心灵恢复了神采，那么，还是去爱吧，像不曾受过一次伤那样。回忆带着时间的印记封入骨髓，成为隐秘的过去，在照常运转的生活节奏里沉默着。直到某个下了雨的夜晚，随着风湿的关节悄悄胀痛，有一句经典台词告诫自己：不疼的爱，不是真爱。

算伊别来无绪

倾杯乐

楼锁轻烟,水横斜照,遥山半隐愁碧。片帆岸远,行客路杳,簇一天寒色。楚梅映雪数枝艳,报青春消息。年华梦促,音信断、声远飞鸿南北。

算伊别来无绪,翠消红减,双带长抛掷。但泪眼沉迷,看朱成碧。惹闲愁堆积。雨意云情,酒心花态,孤负高阳客。梦难极。和梦也、多时间隔。

词,当真是文学史上一种特殊的题材,萌芽于隋唐之际,形成于唐代,到了宋代,已经初见繁荣。

似乎,"宋词",已经成为我国文学史的专用名词,作为一个中国人,这实在是一件令人骄傲的事情。众多的词家,多变的风格,俨然成为宋词的标志性语言。

最初,宋词以婉约为主,到了苏轼的笔下,豪放派才开始兴起。而柳永,世人口中的柳三变,他词中的男欢女爱以及离愁别恨,甚至他的刻翠裁红,都一一变成了旖旎温柔的情话。这不得不让人佩服。

也许,世人只要提到柳永,会自然想到他"奉旨填词",这无奈,有哪一个人能够承受得了!更何况,柳永本是集才气、抱负于一身的人。

最初,对于柳三变这个名字,人们并不熟知,相对而言,倒是对他改名进士后的名字耳熟能详。也许,这个柳三变,他命中注定终生与仕途无缘,那不如,就改名为"永",这个"永",自然是"永远"的"永",代表着永生永世不再改变。

写到这里，心中不禁涌出一丝惆怅的感觉，也许，这个"永"，就此成为了他的枷锁，锁上了柳三变的一身风流傲骨。在我的眼中，他就像是一位被上天生生折下翅膀的天使，充满了致命的伤痕，却也异常销魂。

相对于"柳永"这个名字，我还是比较喜欢叫他三变。总感觉，这样的称呼，显得更为亲切。也许，他是一个集多情与无情于一身的矛盾体，这一秒，他能与红颜知己相看无语，执手凝噎，抑或是登高望远，遥忆远方的红颜知己，而下一秒，他又恢复了往日的偎红倚翠，或者又有了一段浪漫的邂逅。

在他身上，不断上演着相遇、相知、相别，进而相思，这样的桥段好似轮回，浪漫至极，而又悲伤至极。

也许，三变他注定是一位风流才子，对于他身边围绕的那些女子，我都已经习以为常。在我的心中，三变他本就该如此。这样香艳的经历，如若放在别人身上，也许会让人有所不齿，但三变，这个天生注定多情的人，漂泊浪荡，虽然身边的女子不停地变换，只会让我感觉出他对人生的失望，以及浸到骨子里的孤独。

一袭白衣，一把折扇，汴河岸边，夕阳西下，在我的脑海中，似乎三变的形象已经定格成了这般。

低吟浅唱，长身而立，如此简单的事情，在三变这里，竟然变得如此之迷乱人心。的确，三变的一生坎坷至极，有的时候，我竟会觉得，上天是如此的不公。为何，像三变这样才气纵横的人，都会有着常人无法想象的人生呢？南唐后主李煜是这样，而柳三变，也同样如此。有的时候，我暗自猜想，这也许就是人们所说的"红颜薄命""天妒英才"吧。有了旁人无法超越的才气，命运这双善于翻云覆雨的手，自然不会对这样的人加以偏爱。每每想到这里，心中总会泛起一丝庆幸，真的，是庆幸，成为一个普通人。

"宁为千人碑，不作柳七传"，最初，当对三变的经历产生兴趣的时候，我知道了这两句话。诚然，这是令人惆怅的话，好似，三变的人生经历,都囊括在其中。无论是多么坎坷的经历,竟然被这两句话完全概括,这让我这个旁观者也为之感到不平。

我想,三变这个落魄的文人,他的一生,承载了无与伦比的传奇故事,而他本人,就是一部传奇故事。

在很多人的眼中,三变是一个填词的高手,但实际上,他还是一位谱曲的行家。不用太多的氛围渲染,只要一壶美酒,美人在旁,很多时候,新词,还有更多的新曲就应运而生。因此,有人曾说,"凡有井水饮处,即能歌柳词"。我想,有这样的能力,即使放到现在,也定是位独领风骚的人物。

总是觉得,三变是属于江南水乡似的人物,骨子里就带有了浓郁的婉转、缠绵。而玉树临风、风流倜傥,诸如此类的词语,我想,也是专属于三变的。也许就是这个原因,他一生都在迷恋感情。

长期出入烟花巷陌和茶馆酒楼,与歌伎乐工们来往甚密,因此很多人都认为他是一个堕落的文人,我想,事实全然不是这样的。的确,三变是一个极度迷恋感情的人。无论是蘋花月露,抑或是潇潇暮雨,他所付出的,都会是一番真心,而当分别后,定会给予无边的牵挂。

古代的诗词,表达相思之意,离不开登高望远、一梦言情,三变也不例外,但我总觉得,他的相思的意境则更为缠绵悱恻。

三变的词,绝大多数的主题为羁旅,诚然,这不是柳永所首创的,也并非他所独创。早在陶潜时期,就已经有"自古叹行役,我今始知之"。这无意中已经言明,羁旅题材的诗作,已经很普通了。唐朝时候,这样的作品已经越来越多,而羁旅题材也成为当时一个极其重要的主题。

在柳永的后半生里,他辗转于各地,做起了地方官。回到中央任职依然成了"镜中花,水中月",注定漂泊的柳永,因此留下了很多羁旅题材的词作。科举及第后,柳永离开汴京,我猜测,也许中途他也曾寻找晋升到京城的机会,但并不顺利,因此,只能不断任地方官。

在这些羁旅词中,三变所咏怀的京都,并非为他政治上的关注对象,而是为昔日那些相交甚密的女子和她们所居住的场所。

与红颜知己的分离,是柳永在浪迹天涯中产生伤感的来源,也许,就是这种异于旁人的伤感，促成了他羁旅词最基本的情调。我想，回到京城，也许并不是非要做京城的官，对于柳永来说，更为重要的是，能够回到他所思念的女子身边，这才是人生的一大幸事。

柳永的词，通常都是用第一人称来表现个人的内心世界，铺叙刻画，情景交融，语言通俗，音律谐婉。这成就了柳永词作的一大特色——对女性的思念。

当柳永在词作中缠绵地表达他对女性的思慕时，很多时候，都存在于抽象的程度上，也就是说，像这首《倾杯乐》中"算伊别来无绪，翠消红减，双带长抛掷"这样的表达。

思念是一回事，但当真重逢了又能怎样呢？在追忆往昔的词作中，柳永总会带有一丝绝望的意味。也许，只有感情丰富的人，才会有如此的疑问：即使重相见，还得似旧时吗？在我看来，光是抒发自己对女子的思慕之情，还稍显不够，而对于类似后者内心的波折，这样复杂的心绪，则是更为深沉的。

那更满庭风雨

祭天神

忆绣衾相向轻轻语。屏山掩、红蜡长明,金兽盛熏兰炷。何期到此,酒态花情顿孤负。柔肠断、还是黄昏,那更满庭风雨。

听空阶和漏,碎声斗滴愁眉聚。算伊还共谁人,争知此冤苦。念千里烟波,迢迢前约,旧欢慵省,一向无心绪。

不知什么原因,总是能把柳永和金庸联想在一起。当我还在读大学的时候,也许是因为文科出身,所以对文学作品给予了很大的关注。我发现,有很多人,对那些所谓的经典名著十分热衷,而我本人,一直偏爱金庸的小说。时至今日,也是如此。

闲暇时候,总会捧着金庸的小说,酣畅淋漓地读。在我的眼中,其他作家的作品,很多时候,和金庸的小说不相上下。因此,我总是不理解,为何有些小说能够得到文学大奖,而金庸的小说,却永远处于"非主流"的状态。也许,在很多人眼中,金庸的小说,就像是一个耍杂技的艺人,虽然功夫了得,但始终难登大雅之堂,算不得"主流"的文化。

也许是因为这个,所以,很多时候,我总会把柳永和金庸放在一起说。他们有着一个共同的特点——作品流传于市井瓦肆之中,却永远与大家绝缘。

柳永"奉旨填词",每天用他的作品,卖几个钱花花,而金庸,为了《明报》的生存,也在努力地进行连载。

章培恒先生曾说，只要是能感动人心的作品，就是好的作品。后来，他又对此话做出了补充——是否感动人心，还要取决于接受者的水平。在我看来，这句话道出了柳永命运坎坷的真实原因。

柳永的那首《鹤冲天·黄金榜上》，现在看来，也不过是有些愤青发的几句不知深浅的牢骚话，却不幸被宋仁宗拿来大做文章。一时的无心之举，偏偏断送了他的仕途。最初，在知道了柳永一生不得志的这个原因后，总是在考虑，原因真的就这样简单吗？我想，也许，宋仁宗皇帝的态度，更多的是隐藏了一些对柳永才气纵横的不能为人道的嫉妒；也许，当时的宋仁宗皇帝，在心中这样想："你不是说自己对酒当歌、白衣卿相，只要让你吟风弄月，你就可以'不愿君王召'吗？好，这就是你的宿命，怨不得别人，从今以后，你柳三变，就奉旨填词吧。"

于是，仁宗皇帝大笔一挥，使得柳三变这个名字永远在皇榜上消失，也因此与仕途绝缘。到了这个时候，也许，对于别人来说，故事依然有了一个落魄的结局。但柳永不是别人，他有着旁人无法企及的智慧和傲骨，对于仁宗皇帝所下的圣旨，柳永有力地予以还击——你老人家不是因为我的词而不录取我吗？算了，那我就继续填词下去，直至永远，看你能奈我何。

每当想到柳永当时的想法，我总是会忍俊不禁，人都说，要想成为好的词人，必须具备真性情。而柳永就是这样一个人，有着赤子般的纯真与坚持，甚至有些可爱的顽固。我想，敢与位高权重的统治者针尖儿对麦芒儿的人，恐怕这个世界上只有柳三变一人了。李白，自有"诗仙"的美誉，世人都知道他的狂妄，即使是此等人物，也只能在酒精的刺激下，才能发出"天子呼来不上船"的声音，而在现实里，还得"自称臣是酒中仙"。

由于这个原因，我对柳三变十分仰慕，也甚是喜欢他的词作，更是对他的铮铮傲骨，佩服得五体投地。对宋仁宗的反抗，柳永用他的行动来诠释自己的人生信条。要知道，古往今来，饭碗都是可能毁掉人的创造力和想象力的东西。丢了它，倒也成就了一个婉约的才子。

现在看来，柳永作为一个词人，无疑是成功的，貌似他的经历，也验证了一个真理，越是经历坎坷的人，取得成功的概率越大。但喜爱柳永的人，并不喜欢这种说法，因为，旁人看来简单的几句话，是柳永这个当事人用一生的血和泪换来的。代价未免有些大。痛苦地活了一辈子，整个下半辈子都是在思念和惆怅中度过，以此换来的成功，我倒希望，他从未成功过。

在这一点上，我忽然想起了另外一个人物，他算得上是词坛婉约派的代表，号称"词中之帝"的李煜。

被荣华富贵充斥的上半生，被痛苦与哀愁萦绕的下半生，让他从"生于深宫之中，长于妇人之手"的南唐国主，成为千古流芳的"词中之帝"。这个称号，有谁能够知道，是他用后半生的自由与尊严换来的。

李煜前期的作品，写的都是宫廷生活的安逸，喜怒哀乐，都毫不掩饰地发泄出来。内心的切切绵绵、甜甜蜜蜜，也都在坦荡中被表现得淋漓尽致。

柳永的词也是如此，真情，传奇，好像世间所有美好的词都不足以描述出他的真，他的纯。因为这个，柳永为歌伎们作词，热烈地拥抱，疯狂地相爱，在我眼中，也是崇高而又纯洁的。我知道，柳永，是一个才气纵横的人，而这样的人天生多情，但不滥情。他对于生命中的每一位女子，都用真感情对待。因此，我想，当柳永走完落魄的下半生后，才会有那么多女子前来吊唁，并自发为其出殡。其中的情意，无法言说。因此，即使柳永沉沦于酒气女色中，这沉沦，也异常美丽与精彩，它能让那些在权势和金钱基础上进行的男欢女爱黯然失色。

柳永一生潦倒，身后更是无人安葬，相传，众歌伎出资葬了柳永，我想，贾宝玉未能达成的心愿，却被这生于大宋的男子所实现——生命终结于众多女儿的胭脂红泪中，这也许是柳永一生所追求的吧，算是得偿所愿。

"众名姬春风吊柳七"这是众多关于柳永的传说中，我最为喜欢的一个，曾经的多少红颜知己，春风桃李花开日，云鬟花颜吊柳七。这一刻，所有前来吊唁的女子，摒弃了昔日的争风与猜忌，相携而至，光鲜的容颜，玲珑的环佩，巧笑嫣然，顾盼生姿。谁说只有绝色美女可以倾城倾国，就是有这样一种男子，即使在他百年后，仍旧有这般魔力。

无论是柳永的人，还是他的词作，就是有这样一种魔力，时时刻刻在我的心头荡漾，激起阵阵涟漪，真真让人感叹——衣带渐宽终不悔，为伊消得人憔悴！

　　读得多了，深陷其中。有时也会想，到底是他在写词，还是词在写他呢？还是他们本是一对，用彼此表达自己？

　　经历过不堪重负的岁月，步履依然坚定，不想在时光的夹缝里迷失了生命的本性。逝去的已然逝去，不想再去强调得或失，拥有或失去，都成了过往，孤单地盛开，如寒风中的花朵。

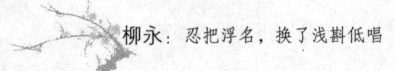

一生惆怅情多少

梁州令

梦觉纱窗晓。残灯掩然空照。因思人事苦萦牵,离愁别恨,无限何时了。

怜深定是心肠小。往往成烦恼。一生惆怅情多少。月不长圆,春色易为老。

此词泛咏别情,以赋笔写成,其词的特点也正在这"泛咏"之上。没有明确的情感指向、情感内涵,也没有具体的伤别情状,甚至"梦觉纱窗晓"等亦是柳词常用之语。不过下片以"怜深定是心肠小"开头,却甚为生动而深刻。词人深谙相思之苦,终于悟到这苦的源头,原来是自己心肠狭小、容不了那么深厚的爱情。多么天真,多么痴情。

原来爱一个人,竟如《圣经》所说,"那门是窄的,那路是长的"。

"月不长圆,春色易为老。"情感难以长久遂愿。青春的短暂即逝,是人类永远的遗憾,对于柳永这样的词人,它已经化为一种生命意识。柳永毕生都在以敏感、脆弱、多情的心灵体验它,讴歌它,这实际上不也是以有限的生命,以血肉之躯,向命运做一次次的撞击吗?

爱情,不过是含笑饮毒酒。但曾经相遇,总胜过从未碰头。纵使红颜未老恩先断,只要曾经爱过,就已足够。试问一声惆怅,能有几多愁情。

爱,是这世界上最重大的事情。

曾听人说过,每一个想出家的人,在佛前都会问自己这样一句话:真能遁入空门,舍弃红尘吗?舍弃,俗世最高的境界,在佛眼中,却只是入空门的第一步,但这第一步,世上又有几人能够做到?走入空门,剃度都很容易,可是心真的能放下吗?

得,世人的梦想,名利,富贵,这些可能为很多人表面上所不齿,却用一生去追寻的东西,往往到头来只是镜中花、水中月。追寻的俗世繁华,只有在蓦然回首时才大彻大悟,却为时晚矣。可是,世上有一种东西却是在舍得中让人无怨无悔。爱,真能舍得了吗?

那些痴情人的执迷,却是柳永的彻悟。

世上绝大多数人是凡夫俗子,一生最大的希望便是有个深爱的伴侣,一个可爱的孩子,一个温馨的家,但现实真的很残酷,相守一辈子的人却往往不是一生最爱。能与最爱的人相恋、相爱、相守,是一件多么幸福的事,又是一件多么奢侈的事。这世上能得到真爱的又有几人呢?爱很简单,也许就是一生的拥抱,一世的相偎。可即使得到后,真正珍惜的又有几人?当爱情被时间冲淡,人们所能怀念的,可能只是那一段刻骨铭心的别离。

若爱皆圆满易得,或许也就没有这么多人为此痴迷了,而柳永的词中也不会有这些个哀怨凄婉。

红颜未老恩先断,柳永是个明眼人,他懂得那些为爱痴迷的人定是一生惆怅,他叹息着吟咏"月不长圆,春色易为老",简单的辞藻,却如一把剪刀将那些真相豁开,公之于世。

可惆怅就能不爱了吗?痛就能不割舍情意吗?

独爱柳词,因为柳永是以一个宦游之人的视角和感悟来写的,因此,呈现在词中的物境,不再囿于士大夫们徘徊流连的小园香径,亭台楼榭,或思妇春女起居梳扮的香闺妆台,而是扩延到宦游人辗转游历的山村水驿、江林旷野。同样,聚结在黄昏物境中的情感,也不同于士大夫们悠闲生活中的无病呻吟,消遣小唱,或思妇春女的闺情离愁,而是宦游人在羁旅行役中的惆怅情愫,这正如宋人陈振孙所说的:柳永有悲秋情结。

某个时刻,我们只要细细地去读纳兰容若和柳永的词,就会发现他们词的背后隐藏的悲凉心境大抵是相同的。尽管纳兰容若出身贵胄,但他内心却是近似落魄文人的落寞;而柳永呢,或许一开始就注定是落魄的。他

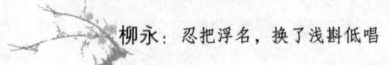

们两人一个因华丽而落魄,一个因落魄而华丽。

他们的一生,始终如纳兰容若所说的那样——"我是人间惆怅客"。是啊,在滚滚红尘中,有谁不是心怀惆怅的过客呢?

可又有几人像他们那样惆怅到极致呢?

曾经有个传说,流过的泪水都会变成童话,而你在童话的另一端。只要能飞过沧海,便能到达童话里的幸福彼岸。今生,他站在寂寞左岸,你伫立天涯海角。掌心抚过流年,纵使天涯路远,依旧割断不了尘世漫长而纠缠的思念。

夜色幽深,他仍旧守候在悲伤的岸边,低吟浅唱间,转身,却无法走远。我依然期待着时光的逆转,带我去往有你的天涯海角。直至,拂晓来临,咫尺成左岸,天涯也成为遥远……

也许,爱还有一种境界,超越了得到,也许得是天意,但舍却是人为了曾经的爱人,曾经的恋情,在一句"有缘无分"之间烟消云散。

爱,是种无悔的超然,是种执着守护的情怀。

"一生惆怅情多少",其实,也不仅仅是在言情,更是柳永心底的叹息,年近半百的柳永更改原名,才中了进士。柳永在仕途上并不如意,只做过睦州团练推官、余杭县令、定海晓峰盐场盐官、泗州判官和屯田员外郎等一些小官。科考的坎坷,仕途的失意,宦游的漂泊,行役的劳苦,年岁的衰老,使得柳永的心境如同黄昏一样的黯淡、落寞、凄凉。

易老的不光是春色,人生也是苦短。

最早喜欢他是因为他的放荡不羁,也许那个年龄觉得这样很酷。后来随着慢慢了解,才知道放荡不羁只是他的外在,而实际上掩饰不住的是内心对当时社会的控诉。表面上是混迹在秦楼楚馆的浪子,而实际上是在用自己的方式感受社会底层人民的生活,为更多劳苦大众作词作曲。所以柳词才能有那么大的影响力和那么广的流传度。

柳永,是一个忧郁的才子,是敢作敢为的男人,是一个时代的体现者。由于仕途的失意,他终身落拓,可谓是尝尽了人世间的辛酸。最后回忆自己这一生所经历的一切,这个曾经是那样放荡不羁的浪子也领悟了:一生赢得是凄凉!

在沉痛中追忆一段逝去的情感,发觉或浓或烈,性温性和,都只是一种浅浅的心境。忧伤若放得开,只不过阅尽人生千帆一般淡然。

经过一番洗涤,才知道,远离束缚,心绪便会变得澄清,如一泓养眼的山泉,清澈透明。缘来缘去,都不重要,我只想活得有尊严,不想在每一个明天,都用眼泪打发,相思无尽。

让忙碌占领心的海洋,让忧伤沉入心的湖底,让蓝天赐予我无限志向,让冬风吹尽心底的阴霾,当雾散尽,让生命扬帆远航。不为别人而活,只为知己饮尽,人生一壶薄酒,黄昏月明,归期已近。

渐渐飘花絮

一生中，总有一个人，是你滴不尽的相思泪。

一生中，总有一个人，是你解不开的心头结。

一生中，总有一个人，是你丢不下、忘不了的牵挂。

然而，往往这个住在你心里的人，远在千里之外，遥在海角天涯。遥远得你伸出手去，却握不住他的萧萧长袖。

> 红板桥头秋光暮。淡月映烟方煦。寒溪蘸碧，绕垂杨路。重分飞，携纤手、泪如雨。波急隋堤远，片帆举。倏忽年华改，向期阻。
>
> 时觉春残，渐渐飘花絮。好夕良天长孤负。洞房闲掩，小屏空、无心觑。指归云，仙乡杳、在何处。遥夜香衾暖，算谁与。知他深深约，记得否。
>
> ——《迷神引》

人生随缘，聚散都是缘。

这是一首女子思念恋人的词，与《乐章集》中同类题材不同的是，它从秋日的水边分别写到春日的洞房遥念，以时间推移为线，时间的跨度可谓极大。

上片主要写秋日离别。着重渲染惨淡、冷寂的自然景色，以及分别时的凄惨情景。红尘太纷乱，相拥的恋人，或有一千个伤心的往事，往事如南柯一梦，几多愁绪谁人懂？只恨苍天多捉弄。思念似水缓缓流，迷离的双眼,望穿三世三秋。纸笺上的文字,已被泪水湿透,泪水变成了一行行写在纸笺上的无奈。

夜雾笼罩,月色惨淡,水边的大陆垂柳成行,柳枝悬垂,沾浸着寒冷的碧水。有位伊人,轻拥着薄被,在空旷的房间里,对着回忆静静地流泪。此情此景,令人无限怜惜。

下片写春将逝,无心赏春。词的描写空间转入"洞房"之中。"洞房闲掩,小屏空、无心觑",这"闲掩"两字用得极妙,明写洞房之门,实写门内人的孤寂、百无聊赖;"空"字明写小小画屏的闲置,实写屏旁人的冷清、寂寞、空虚。因此,她对洞房内的一切同样"无心觑"。

她一心想着她的恋人,但恋人仙乡杳渺,不知何处。天边那缥缈无定、不可捉摸的"归云",正与恋人的情况相仿,故而她不免"指归云"、望"仙乡"而叹路杳伤"何处"了。

而后,时间自白昼转入"遥夜","香衾暖,算谁与",所写虽涉风情,却不鄙俗,不露骨,亦是相思之情的真实流露。由此,她不能不对恋人产生了丝丝疑虑,而发出"知他深深约,记得否"的疑问。

从这发自内心的疑问,我们似可推知,女主人公很可能是一位风尘女子。那么,这一疑问,所包含的就不仅仅是对爱情前景的担忧,更包含了对今后命运的担忧。如此一品,顿觉一股悲凉之情充于肺腑。

一个女人,最难得的是有个男人懂她,知她,不管结局如何,他终是懂她,知她的,也就值了。

我想那个女子,更多时候,真的不想放手,但挣扎着也无力挽留。伫立枫桥畔,凝眸夜雨中,不言相思为情浓,却被离愁深锁对残红。

我一直想要和你一起,走上那条美丽的山路,有柔风,有白云,有你在我身旁,有你,倾听我快乐和感激的心。我的要求其实很微小,只要有过那样的一个夏日,只要走过那样一次,但朝我涌来的是一些不被料到的安排,还有那么多琐碎的错误。我们慢慢隔开,让今夜的我,终于明白,所有的悲欢都已成灰烬,任世间哪一条路,我都不能与你同行。

自古都是,痴情人风雨无阻,薄情人如狼似虎。对你的失望,有时候也是一种幸福。

我遥望着你的方向，把思念凝结成雨滴穿起来，在茫茫的世界里，缠绕着痴情，萦绕着期盼，穿越时空，飞越沧海，用娇弱的身躯抵抗狂风的侵袭，阻挡海浪的撞击。命运捉弄。生生世世的眷恋，生生世世的情缘，于轮回里擦肩而过的曾经，一次次的错过，一次次的哀怨铸成永恒，没有决定输赢的勇气。今生，是最后一世情缘了吧！我们终是不能携手相牵。

我就是棋子，受控于人，走入别人安排的结局。词一曲，一殇愁。弹指一笑，藏尽前尘所有的缘，只为一次无望的落泪。也罢，今夜，且让我孤醉独饮，哪一杯酒是你荡漾的波影？映出那前世的容颜。也罢，今夜，我是寂寞的舞者，伴着幽怨的箫音，踏乐翩跹，敲碎那久远的灵魂。

今生，你不用再在无边的逆海里彷徨。今生，你不用再在咫尺天涯里等待。因那彷徨和等待，都已煎熬成殇，坠入轮回。

因为有所期待所以才会失望，因为有爱才会有期待，所以纵使失望，也是一种幸福，虽然这种幸福有点痛。

汝之心，淡似水，清若雾，似那曾经万般纷扰如迷雾般散净，又若尘埃般飘散，之于我，历经那般沉浮后，便终知：缘，仅一字也，若心似诚，便终成，若心谓浮，便终赋。断情殇，点点木鱼之声，缥缈入耳，汝心随之渐静，直至沉寂。终是在此般旋律中静心而坐，脑中清醒而无一物。

柳词之美，美得悠然，美到决绝，轻合双目，似是嗅到了茶叶的芬芳；微风渐起，带得些许轻尘，迷离中沉醉于这般闲适心境，而久久不愿自拔。只愿这世间永若此静谧。

夜深风竹敲秋韵，流水潺潺，宛若环佩互击之声清脆入耳，似这般讨喜，总是能让人会心一笑，而随之飘然。夜已深，寂静至极，唯耳边音律不绝如缕，亦有别样的风情。追昔，凄美哼唱，忧伤四起。之于往昔，始终心怀诸多念想。时常想，若得一人倾情以待，必许此生。

来这世上走一遭，得一人心，一生倾之，念之，足矣。

石人、也须下泪

在文学界,有一部分学者专注于研究"宋玉与柳永"这个话题。他们的文风太过相似,同样是那么柔肠百转,同样是那么伤怀感秋。

每到秋来,转添甚况味。金风动、冷清清地。残蝉噪晚,甚聒得、人心欲碎,更休道、宋玉多悲,石人、也须下泪。

衾寒枕冷,夜迢迢、更无寐。深院静、月明风细。巴巴望晓,怎生挨、更迢递。料我儿,只在枕头根底,等人来、睡梦里。

——《爪茉莉·秋夜》

摇曳的树枝,翠绿的树叶,因为秋风,黄了,散了,脆了,化作翩翩蝴蝶,随风飘洒;菊花开了,惹人倾心;桂花香了,那或白或黄的小花,轻轻一碰,洒落一地,任你想抓都抓不住。空气中隐隐的花香,带不走满怀的忧伤,但却像爱糖果的孩子,把一颗糖果藏到口袋里,没人了,拿出来看看,再藏进口袋,随身带着。如此秋色美景,在柳永的眼中却是另一番模样。

此词抒秋夜愁情。上片由秋景而发悲秋之情;下片因孤寂而生相思之意。虽语言风格多用俚语,多用当时口语,如"冷清清地""甚聒得"等,但也写意深厚,声情并茂。读来使人叹然不已。

"夜迢迢",恣意蔓延着它的魅惑,黑色羽翼缀满盈盈珠光,散发炫目的奢靡。沉沉的黑暗伸出罂粟般妖艳的触角,空气中飘浮着暧昧的气息。疯狂的思念穿透孤独，诱惑着令人颓废的迷离。心痛吞噬凌乱的思绪无限延伸，忧伤恍若幽灵般攀附着寂寞如影随形。

大梦初醒已千年，心无归处为情牵，前尘往世君莫问，几度轮回断残缘。自古宿命终难违，长留嗟叹怨连连，三生石畔绛珠草，还泪今生葬花魂。他的词，有种穿越千年苍茫的力量。

悲秋传统是从宋玉《九辩》首章之开端"悲哉秋之为气也，萧瑟兮草木摇落而变衰"这两句开始确立的。从此被后世文人延续下去，成为一种重要的抒情感发母题。

秋是一年将晚的季节，而晚是一日之迟暮，秋与晚的这种结合，本身就陡增了阐发情感和寄托志意的空间和内质。在柳永词中我们不难发现，他将悲秋与夜思二者融合在一起，使其词境更加开阔深远，词情更加辽回，从而富有了更加深厚的感染力，有唐人之高处与妙境。

愁，是住在心上的秋天。所以，秋天，从来都是思绪纷乱、愁肠百结、伤怀哀怨的季节。从古至今，关于秋天的落寞、秋天的萧瑟、秋天的寂寥的文章层出不穷，却每每都能唤起相怜相惜人的共鸣。

柳永的许多词中出现了秋晚的景色。秋晚是季节标尺。这一方面是时间上的交代，另一方面又透过时间寄寓着自己的深怀和幽思。于是我们说这种时间概念已经内化为一种情本体，构成了柳永独有的情结。

柳永在他自抒情意的词中，抒发的是一种"秋士易感"的情意，其具体内容指涉的是关河寥廓、羁旅落拓的哀伤。这区别于前人如温庭筠"鸾镜与花枝，此情谁得知"的女子抒情主体，而代之以真正的男子作为主角，是真正的才子志士惧怕暮年失志的悲慨。这又一次开拓了词的境界，做到了如王国维所说的"诗人对宇宙人生，须入乎其内，又须出乎其外。入乎其内，故能写之。出乎其外，故能观之"。不再是以往那种闺阁亭园、伤离怨别的"春女善怀"式的情感。其间把悲秋怀乡之情放在悲壮苍凉的秋色中加以抒发，既有对妻子的表白，也有对羁旅行役的嗟叹，更有对家园的缱绻归思，想要抽离浪迹天涯的现实。

在柳永词中这类秋晚式的哀叹还有许多，它们同样传达出贫士失职、才人迟暮的悲哀。这些开阔博大的秋晚景色显示了一种对美好生命渐趋衰败消亡的恐惧和敏感，是对生命内部年轮洞悉后的自觉生发。

在柳永秋色的梦里，总弥漫着一份凄楚，那是梦中篱笆的情怀。人们总是认为生活的欢乐与悲哀也许是天注定的，凝眸回顾，才明白巷有多深、人有多悲。

在千百年前的某个黄昏，他曾坐在窗前，茫然了双眼，任由雨滴滴入心底，打湿双眸。也许是悲秋情结吧，心绪有些低落，不知道究竟在想些什么，也不知道该想些什么，该做点什么，就这样让长长的叹息声淹没了灵魂。在不觉间昏睡一气，醒来后更觉心无所依从，竟比那垂柳与荷叶更为凄凉了。

满世界都是秋的气息了。心还沉醉在热烈飞扬的七月，沉醉在流泉飞瀑山野烂漫的旅途中，而秋就这样来临了吗？今年的秋天注定是个寂寞的季节？想到这儿，呼吸仿佛都变得沉重起来，人变得越发慵懒，百无聊赖的心绪中似有一份茫然的期待。

在凄风冷雨中，才领略到风和日丽的惬意，如果每天面对融融的日光，又会期待狂风暴雨的激情，所谓心如止水，谁人做得到？

柳永是一个复杂体，他的独特体验形成了其独特的时令感，对生命本身的自觉，构成其词深远而厚重的感染力。他与宋玉的气质相吻合，使得初读柳词时，扑面而来一股荆楚雅韵。

宋玉笔下的神女，婀娜多姿，却只因人神殊途，这场爱恋不得不止于相思之中。而柳永，他的笔下有太多的女子，或重情，或决绝，或风情万种，或娇柔可人，但终因世事无常，相爱却不能相守。

这首《爪茉莉·秋夜》中，提到了宋玉，实际上是想借宋玉这样忧伤的意象，反衬出自己的茕茕孑立，孤寂无奈。

一番秋色远景，好一份亘古的寂寥。遇见一场烟火的表演，用一场轮回的时间，紫微星流过，来不及说再见，已经远离我一光年。

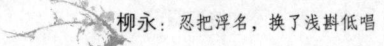

从今永无抛弃

这是全书的最后一首词。选取这首词作为终结，为的就是这一句"从今永无抛弃"，说得好。无论我们曾经如何，但现在，一切都已经过去，我只是想和你在一起，不离不弃。借此词，我也想借柳永之口，抒发我对全天下有情人的祝福：惜取眼前人，从今以后，永不抛弃。

晚晴初，淡烟笼月，风透蟾光如洗。觉翠帐、凉生秋思。渐入微寒天气。败叶敲窗，西风满院，睡不成还起。更漏咽、滴破忧心，万感并生，都在离人愁耳。

天怎知、当时一句，做得十分萦系。夜永有时，分明枕上，觑着孜孜地。烛暗时酒醒，元来又是梦里。

睡觉来、披衣独坐，万种无憀情绪。怎得伊来，重谐云雨，再整馀香被。祝告天发愿，从今永无抛弃。

——《十二时·秋夜》

纵观全词，可谓情景交织，时空交迭，雅俗相偕，缓急相应，将一生的沦落坎坷、追求失意隐于词后，写男女风情又不涉低俗，可谓柳永大量秋思秋情词作中，别具一格之作，颇值得吟味。

尽管柳永词中精髓取自花间词派，内容也多涉风情，但柳永之词，读起来如芬芳的茉莉花，只觉香气盈口，丝毫没有艳俗之感。无论世人如何评价柳永，在我心中，他终究是个寂寞的孩子。他的词叫人心痛，想必在作词之时，他的神情也定是叫人心碎无比。我曾说过，若我生在那个年代，我也会飞蛾扑火般留在他的身边。我想用大量的文字，去描述我对他的爱，以此，作为全书的终结。

他自诩为白衣卿相，他奉旨填词，偎红倚翠，浅斟低唱，成为宋朝第一位填词专业户。他是宋朝最红的词人，他的红连苏东坡也嫉妒。他写城市的纸醉金迷和市井生活，他也写落魄江湖的忧伤与无奈，然而他写得更多的是风尘女子的幽怨情思。他是浪子，风一样的男子，来去匆匆，不知道哪里是他的归宿。他是多情的男人，他创造了很多男人都想创造的神话，他同时爱着很多风尘女子，却并不招她们忌恨。因为他尊重她们，她们亲切地唤他柳七郎。

他是柳永。他是现代的古龙，一生只爱女人和酒。

宋朝少了柳永，就如同唐朝少了李白，将会失去一半的光彩。

真情，真爱，真词，真男人。

敢写，敢唱，敢为，敢叛逆。

那时候他还很年轻，那时候他还没有出名。第一次参加科举考试名落孙山的他流落到江南，他站在江宁的街道上。

江宁很热闹，比东京还热闹。

可是这一切与他无关，他是落魄的文人。他有点累了，他想找一个地方歇一歇脚。他流连于风月场，居无定所。歌女们吴侬软语，猫似的哀求他留下。

他没有听见，他已经在路上了，他下一个目标无非是另外一个青楼。从一座繁华的城市漂泊到另外一座繁华的城市，从一座青楼漂泊到另外一座青楼，从一场苍凉漂泊到另外一场苍凉，如此沉沦，如此放纵，如此蹉跎。

什么时候他开始了这样的生活？他已经记不清了，也许他天生就是这样一个人。

少年时期的柳永沉迷于别人不屑一顾的通俗文学中，把创作登不上大雅之堂的慢词当作他毕生的事业。

于是，柳家的人认为他不可救药，不管他了，任他花自飘零水自流，天南海北。

父亲经常骂他没出息，为了证明他有出息，他也做过当官的梦。毕竟在当时的社会环境下，人们通常认为只有出仕才是男子"有出息"的唯一证明。第一次科举考试失败，他没有气馁，卷土重来；第二次科举考试失败，年少轻狂的他写了一首发牢骚的词《鹤冲天·黄金榜上》。

不料一时的牢骚之作却断送了他一生的功名。

屡屡受挫的柳永终于绝了仕途的念，从此流连于烟花柳巷，忍把浮名，换了浅斟低唱。

一个全新的柳永出现在宋朝，宋朝的妓女们有福了。

上帝把柳永这样一个绝世男人赐给了她们，也同时赐给了她们尊严与爱，还有温暖。

以前，她们是最卑微最渺小的一群，她们遭人玩弄，遭人冷眼，遭人唾骂，遭人抛弃，现在有了柳永，一切都改变了。他尊重她们，怜惜她们，他牵她们的手，他以温暖的胸怀拥抱她们，他含情脉脉地凝视着她们，他真心实意地赞美她们，他热情地为她们作词，他把她们比作清水芙蓉、秀丽的海棠、孤傲的梅花。

这样一个男人，即使多情，也值得去爱。

他用真心换得了她们的真情。也许他不是一个君子，但是他比起那些满口仁义道德、满肚子男盗女娼的伪君子来，要好上千倍万倍。

柳永没有欺骗过她们，他告诉她们：他爱她，但也爱另外一个她。所以，她们从不恨他，只是在他离开后，思念他，希望再一次看到他。

不愿君王召，愿得柳七叫；不愿千黄金，愿中柳七心；不愿神仙见，愿识柳七面。

这是天下女人共同的心声，柳永成了宋朝的大众情人。为了见他一面，为了他一首绝妙好词，她们死也愿意。

男人做到如此境界,千秋万代,唯柳永一人而已。

四十八岁,漂泊了三十多年,为生活所迫的他终于进士及第。

可是,他只得到了一个九品芝麻官,余杭县令。为填饱肚子,官再小也得做,只要有口饭吃生活依旧浪漫。大半辈子都挺过来了,还有什么放不开呢?

他含恨离开江宁,来到杭州,做了三年的县令,三年后,他回到东京。

宋仁宗授予他屯田员外郎的官职,可是做了不到一年,又因为一首词触怒了宋仁宗,他的屯田员外郎自然被罢免。于是,他又把他的名字改为柳三变,曾经为科举把柳三变改为柳永。之后,又流连于秦楼楚馆,靠歌女们供奉他的衣食。

牡丹花下死,做鬼也风流。柳永这样一个风流才子果真死在了牡丹花下。他死在了名妓赵香香家里。他的死可以说是凄凉的,因为他的那些所谓的朋友,那些亲人,都怕玷污了自己的名声,都不去为他收尸。然而他的死又是轰轰烈烈的,那些他爱的也爱他的风尘女子集资安葬了他。出殡那天,京城所有的名妓都为他披麻戴孝。谢玉英在他的坟前,弹奏那首他为她写的《雨霖铃》。在她的弹奏下,千红恸哭,万艳同悲。

后来,其实很不想说后来,一个绝无仅有的风俗形成了。每年的清明,这些风尘女子,不祭祀父母,不祭祀亲人,不祭祀朋友,却唯独祭祀柳永——她们心中永远的柳郎。

长河落尽长河殇,曲罢再无柳郎顾。

后 记

春风剪杨柳，日月映古今。白衣卿相，自是多情才子。

超群的艺术才华赋予了他不羁的个性，他作的词配合着优美的乐器及多情的女子，总能让人产生共鸣。

他梦寄青楼，情侬烟花，从来都是软声细语，轻歌曼舞，数人纤纤碎步，长袖摇摇微飘，惊起的是水中鸳鸯。万人同口唱一曲，千里边塞起风云。

"杨柳岸、晓风残月"的意境，"多情自古伤离别。更那堪、冷落清秋节"的缠绵，一句句词，美得惊艳，凉得沁心，惹了古今多少人儿泪盈盈。

本书在写作过程中，得到了多位朋友和老师的大力支持与帮助，在此一一向他们道谢，他们是王达、刘丽娟、朱丹红、杜馨、杨帆、杨惠升、吉拥泽、王爽、张志强、刘海鸥、尤秀茹、李爽、王洋、于艾华、徐晶。感谢各位不辞辛劳，利用业余时间协助创作，查阅资料，并给予指导。

千年风霜纵是无情，千年后的词与词人却更加生动。最后，愿文字散发出沁人心脾的美丽，永不消散。

漫漫诗词情系列

《李清照:风住尘香花已尽》
　　她用一生的爱与浮沉,浇灌了词的灵魂。那些只言片语,道破她的心绪,也染了千百年的愁。
　　定价:32.00元

《李煜:愿时光清浅,许你春花秋月》
　　词中之帝李煜,史上最温情的皇帝。
　　定价:32.00元

《柳永:忍把浮名,换了浅斟低唱》
　　白衣卿相——柳永的流年碎影与浅斟低唱。
　　定价:32.00元

《苏轼:一点浩然气,千里快哉风》
　　旷世奇才,一个充满智慧的清朗词人。
　　定价:32.00元

《辛弃疾:壮志未酬,刀锋难收》
　　金戈铁马中的英雄,诗词卷轴里的豪杰。
　　定价:32.00元

漫漫诗词情系列

《白居易：一度思卿一怆然》
命运的洪流，只不过汹涌在人的心口。相信，一个虔诚的人心中，定是拥有一个宁静的世界。

定价：32.00 元

《李白：绣口一吐，就是半个盛唐》
盛唐烟雨，锦绣河山。一个荣盛繁华的时代，只为造就一个诗人的传奇。

定价：32.00 元

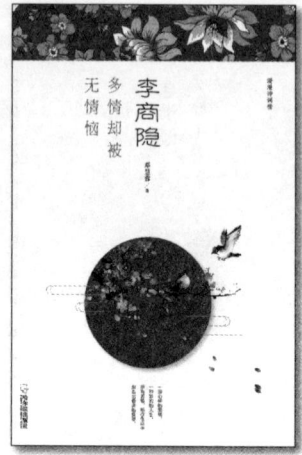

《李商隐：多情却被无情恼》
一段心碎的爱情，一种跌宕的人生。所有苦难，都在生命中敲击出最美的旋律。

定价：32.00 元

《王维：诗成山水画成情》
他从时光深处走来，守着一颗云水禅心，在大唐的风雨中，诗意地栖居。

定价：32.00 元

《元稹：道是风流最痴情》
每个人心中，都有一片叫作曾经的沧海。你可曾像这个痴情的才子一般，为爱沉沦。

定价：32.00 元

走近古典品人生系列

《万丈风尘,写我沧桑:豪放词人传》
　　在歌舞升平的北宋,苏轼的"大江东去"开启了豪放词的先河,于是,一个又一个才华横溢的词人放开了笔墨,在时代的洪流里掀起狂澜洪波,为大宋山河恣意涂抹狂放的颜色。
　　定价:29.80 元

《流年浅唱,人间低吟:婉约词人传》
　　若你未曾走近他们的人生,便很难将诗词读透。且跟随文字的指引,辗转漂泊命运的路口,当你真正见过那些急景流年里的寂寞哀愁,便更能领会烟波岁月中的缱绻温柔。
　　定价:29.80 元

《一个人,一座城,一生心疼:唐代才子诗传》
　　没有比李白更易醉的豪肠,没有比温庭筠更不羁的随性,纵使千年已逝,才子们依然以月光为樽,盛满一杯又一杯的飘逸与逍遥。
　　定价:29.80 元

《不倾城,不倾国,只倾我所有:宋代才子词传》
　　他们带着宋时的风雨款款走来,无论兴衰,兀自用诗词浅吟低诉着截然不同的词化人生。
　　定价:29.80 元

走近古典品人生系列

《我是人间惆怅客:词品纳兰心事》

历史的舞台上,换了一轮又一轮剧目。纵使他的故事,已成过往,我们却始终记得,当初,有他的繁华。

定价:28.00元

《桃花幻境,隔世人生:五柳先生陶渊明诗话》

他赏菊、弹琴,风流儒雅;他作诗、饮酒,自在潇洒。他来自遥远的古代,却被无数后人膜拜。从未有人如他一般,勇敢地奔向自由。

定价:28.00元

《我愿为你颠倒红尘:来自雪域的浪漫传奇》

那一世,转山转水转佛塔,不为修来生,只为,那曾在佛前哭泣的玫瑰。

定价:28.00元

《借鬼说人事,借狐话人心:看纪晓岚谈情说爱》

以鬼狐的名义,讲述喧嚣尘世中的爱恨情仇。

定价:24.80元

《缘来不喜,离去不伤:聊斋里的禁忌之爱》

写给男人看的妖狐,解给女人听的爱情。

定价:24.80元

《笑里关情,欢中见爱:笑林广记中的浮世之恋》

阅遍《笑林广记》,方知浮生若戏。

定价:24.80元